「ああっ……やぁんっ……」
「そうやっておまえがいい声で啼くから、
もっと聴きたくなる」

スウィートソプラノ
~金色の王子に奏でられ~

Contents

イラスト／緒花

スウィートワルツ
~金色の王子に奏でられ~

シフォン文庫

スウィート・ソプラノ

～金色の王子に奏でられ～

蒼井ルリ乃

集英社

「ぁふっ……うぅ……やぁ……」

ドロワーズの隙間《すきま》から忍び込んできた指に恥ずかしい割れ目をゆるゆるとまさぐられ、ニーナは白い首を左右に振った。ほどかれたブロンドの髪が、肩や腕をくすぐる。青い瞳《ひとみ》には、じわりと涙が浮かんでいた。

「少し弄《いじ》っているだけなのに。感じやすいんだな、ニーナ」

低い声で囁《ささや》かれ、意味もわからず背筋が震えた。

どうして彼はこんなことをするのだろう？ ルーカスは、子供の頃出会った彼は、ただただ優しかったのに……。

十二年ぶりに再会して、ニーナは心の底から嬉《うれ》しかった。幼《おさな》い日に憧《あこが》れたルーカスに、ずっと会いたかったのだ。

先ほどまでは彼だって、純粋に再会を喜んでくれていたはずだった。なのに、気づけばドレスを脱がされ、蝶《ちょう》の羽のようにひらひらとしたレースを重ねたスカートと、それをふわりと広げていたペチコートは捲《めく》り上げられている。

そんな状態で、長椅子《いす》に上げた脚《あし》を開かされている。あまりにあられもなくて、曲げた膝《ひざ》を何度も閉じようとしたが、ニーナの前に跪《ひざまず》いたルーカスが阻《はば》んでいる。

「お、やめ……ください……」

羞恥《しゅうち》に赤く染まった身体《からだ》をもぞもぞと捩《よじ》るものの、なぜかニーナは彼を押し退《の》けることができなかった。

「もっと悦《よろこ》ばせてやる」

深い金色をした瞳に見つめられ、心臓が高鳴る。

そう、この目だ。宝石を埋め込んだような琥珀《こはく》色の瞳は胸を射抜く輝きを放っていて、否《いや》が応《おう》でもニーナは心を囚《とら》われ、従《したが》わされてしまう。

「ほら、こうして」

ルーカスが指を大きく動かすと、割れ目の間でくちゅくちゅという音がたった。ニーナは頭のなかがかっと熱くなるのを感じた。何かが、秘所を潤《うるお》わせていた。

「わた……わた、し……？」

ニーナはとうとう涙の滴《しずく》を落とした。

ただでさえ恥ずかしい場所が、なぜだかぬるりと濡れてしまっている。しかもそれをルーカスに知られてしまい……。もう身の置きどころもなかった。

「おかしいことではない。快感を得たら、これは溢《あふ》れてくるものだ」

彼は、滴をまとって光る指をこれ見よがしに舐《な》めた。

「あっ……そんな……」

急いで目を逸《そ》らしたものの、いたたまれない気分が消えず唇《くちびる》を噛《か》む。すると、ルーカスがそこへくちづけてくる。

「おまえは何も知らないんだな」

彼の口調には、揶揄《やゆ》ではなく喜びが滲《にじ》んでいた。そして表情は艶然《えんぜん》としていて、ニーナの心を揺さぶった。

「おまえの身体の、この奥に泉があるんだ。そこから、蜜《みつ》が湧《わ》く。感じれば、感じるほど」

ルーカスは再びドロワーズの中央から指を差し込んで、それを花唇《かしん》に添わせながら説明してくる。滑らかに動く指で秘密の場所を撫《な》でられると、また奥のほうからとろりとしたものが溢れてきた。

「もっと濡らしていいんだ、ニーナ」

ねっとりと耳に絡《から》みつくような声で、彼はニーナを唆《そそのか》そうとする。

「でも、こんなの……」

恥ずかしくてしかたがない。ニーナは両脚の膝を寄せて、たぐまった柔《やわ》らかなスカートをぎゅっと握った。

「いやか?」

しかしルーカスは閉じようとするニーナの脚をさらに大きく開いて、露《あらわ》になった割れ目の間を指で探ってくる。外気に触れたせいで冷たく感じるそこは、やはりぬちゅ、という音をたててニーナを困らせた。

「ルーカスさま、いやっ……もう……手を……離してくださ……あっ、ん……」

「私には、おまえが気持ちよさそうに見えるが？」

ルーカスは明らかなからかいを口にしながら、指の動きを大胆なものにしていく。

「ほら、ここに可愛《かわい》い花びらが」

言って、彼は人差し指と親指でその突起を挟《はさ》んだ。そして、そのままゆっくりと指を擦《こす》り合わせる。

「すっかり潤って、誘われているようにしか思えない」

ひくつきだした花びらをぐちゅぐちゅと無遠慮に弄られれば、腰の奥が重く思えるほど熱くなってくる。

「……わからな……んっ……ぁああっ――！」

突然痺《しび》れるほどの刺激がニーナを襲《おそ》った。秘所を掻《か》き混ぜていた指が、特別な何かに触れたように感じた。

「な、に……っ、そ、れっ……だめ、だめっ……ひ、あ……」

びくびくと、腰がわななくのを止められない。腰が動けば露になった胸まで揺れて、頂《いただき》の蕾《つぼみ》がスカートの薄いチュールレースに接してしまう。その淡い刺激にも、色づいた粒はきゅっとしこっていく。

「小さな芽なのにな」

ルーカスが嬉しそうに呟《つぶや》いた。

「め、って……？　ぁああんっ……」

「これだ。おまえを翻弄《ほんろう》している愛らしい芽だ」

彼にそれを摘《つま》まれると、全身が痺れるほどの衝撃が身体を駆け抜ける。

「もぅっ……やぁ、あっ……さわ、らなっ……」

大きく頭を振ってやめてほしいと訴《うった》えた。けれどルーカスは執拗《しつよう》に芽ばかりを攻めたてる。たっぷりと蜜を絡めた指でくに、と押し上げては捏《こ》ね回す。蜜口《みつくち》から、とぷりと滴が流れ出た。

ニーナは喉《のど》を反《そ》らしてすすり喘《あえ》いだ。芽は彼に苛《いじ》められるごとに鋭敏《えいびん》になっていって、ニーナを揺さぶりたてた。

だんだん何も考えられなくなっていく。

「そうだ。もっと啼《な》いたらいい。もっとおまえのいい歌声を聴かせてみろ、ニーナ」

「うう……ふっ……ぁう……」

嬲《なぶ》られる芽がつんと尖《とが》っていく様子を、ルーカスが愉《たの》しそうに眺《なが》めている。ドロワーズの中央は、今や左右に大きく開かれていた。秘密が、露になってしまっている。
ニーナは羞恥に苛《さいな》まれながらも、胸を焦《こ》がすような疼《うず》きにからめとられていく。
「も……とろけ……ちゃ、ぅ……」
本当に、どうしてこんなことに……。
霞《かすみ》がかった頭の片隅に、ぼんやりと数時間前の出来事が甦《よみがえ》る。
——そもそもは、暗闇《くらやみ》からはじまったのだ。

第一章　金色の王子との再会

ガクン、と身体《からだ》に揺れを感じて、ニーナは目を覚ました。

「う……ん？」

頭が鈍《にぶ》く痛んで、意識がぼんやりとしている。何か重たいものにまとわりつかれているように、全身にだるさを感じた。

ここはどこなのだろう？　目を開けたはずなのに、なぜか視界は真っ暗なままだった。絶えずがたがたと揺れている。車輪の音と蹄《ひづめ》の音が聞こえるから、どうやら馬車のなかだ。けれどニーナには、馬車に乗った記憶などなかった。

漠《ばく》とした不安を感じながらも、ひとまず伏せていた上半身を起こそうとして、違和感を覚える。手が動かせない。妙なことに両手首が縛《しば》られていた。

「え……何？」

おかしい。そう思うと、目が見えないのは布か何かを巻かれているせいだと気づいた。

一気に心細くなり、恐怖が湧《わ》く。

どうにか手首に巻きついているものを外そうとしていると、突然男の声がした。

「目ェ、覚ましやがったのか」

「ひっ……」

ニーナは息を呑《の》む。声はおそらく向かいから聞こえてきた。覚えのない、低くしゃがれた声だ。言い知れぬ恐ろしさに身体がこわばった。

「あの、私……」

一気に高まった緊張感に、声が震えた。それでも、どうにか続ける。

「い、一体、これは……どういうことですか……？」

ニーナは今夜、キンブリー伯爵《はくしゃく》夫妻が主催した舞踏会《ぶとうかい》に招待されていた。

山々に囲まれ冬の長いこのストラール王国でも、最近ようやく雪がとけた。そのため婦人たちはこぞって春色のドレスを身に着けていた。ピンクや淡い黄色、春の空を思わせるブルー。色とりどりのドレスを着た女性たちが踊る会場は、すでに春爛漫《らんまん》の様相を呈《てい》していた。

同じくニーナがまとっていたのも春らしい、いかにも甘い香りが漂ってきそうな薄紅《うすべに》色のドレスだ。

開いた胸元からなで肩を強調するデザインになっていて、内側からレースが覗《のぞ》く袖《そで》は肘《ひじ》に向かってゆるやかに広がっている。チュールレースを何層にも重ねたスカートは軽やかで、動くたびにふわりふわりと可憐《かれん》に揺れた。

踊ればいっそう華《はな》やぐドレスだったけれど、もともとダンスの苦手なニーナは一曲踊っただけで疲れきってしまい、次の間で紅茶を飲んでいた。すると、どうしたわけか急激に眠気が襲《おそ》ってきたのだ。

何かに呑み込まれるみたいな、初めて経験する強烈な睡魔《すいま》だった。招待してもらっておいて寝てしまうなんて失礼だと思い必死に我慢していたが、とうとう倒れてしまった。

そこまではおぼろげに覚えている。

いつ馬車に乗せられたのだろう？　しんしんとした寒さを感じる。どこを走っているのだろうか？　どこへ連れていかれるのだろうか？

少なくとも家に送ってもらっているわけではないのだろう……。

ぞわっと、また悪寒《おかん》が背中を走った。

「さあ、どういうことだろうなぁ。どういうことだと思う？　お嬢さん」

向かいにいるらしい男は、もったいぶるようないやらしい物言いをした。ニーナはさらに身を小さくする。

答えられずにいると、男がひひっと笑った。

「前から時々令嬢が攫《さら》われていることくらい、あんたも知ってるんじゃないのかぁ？」

その言葉を聞いて、戦慄《せんりつ》を覚えた。

「……まさか、そんな……」

以前から度々《たびたび》起こる誘拐事件は、国中の話題となっている。

ここ三年間に、十人近くもの令嬢が行方不明になっていて、ただのひとりも帰ってきていないという恐ろしい事件だ。

当然のごとくみな必死に探し回り、王室直属の憲兵隊《けんぺいたい》による捜査も行われていた。けれども目撃者や証拠の不足から犯人は捕まらず、悲劇は繰り返されている。しかもどんどん頻度《ひんど》を増して……。

令嬢ばかりが狙《ねら》われるため貴族の間では特に恐れられ、みな警戒《けいかい》していた。

ニーナは両親からも忠告を受けていたし、ちょっとぼんやりしている自覚もあるので、ことさら気を配っていた。

夜間の外出は侍女《じじょ》を連れていてもなるべく控《ひか》えていたし、昼間のピクニックの際でも、できるだけ大勢で固まって行動していた。

今夜だって、気を抜いていたつもりはない。

猛烈な睡魔に襲われたあと、何が起きたというのだろう？　由緒《ゆいしょ》ある伯爵家の主催した舞踏会で、招待客もたくさんいたし、控え室には連れてきた侍女がちゃんといたはずだ。

よもや意識のないまま、ひとりでふらふらとどこかへ歩き出ていったなんてこともないだろう。

「かわいそうになー。まあでも、あの方に目をつけられちゃあしょうがねえ。諦《あきら》めて散々可愛《かわい》がってもらえばいい」

男が、いやらしい笑い声をたてた。

あの方って、一体誰？　どうして私が……。

混乱して、じわりと涙が溢《あふ》れてくる。

自分はどうなるのだろう？　想像もつかないからこそニーナの身体はそら恐ろしさに震え上がった。

きっともう家には帰れない――。

寒くて寒くてしかたがなかった。でも手を拘束《こうそく》されているため、冷えきったわが身を抱き締めることさえできない。

両親の顔が浮かぶ。優しい父、綺麗《きれい》でいつも笑顔の母。

逃げ出したい。でもそれが無理だということはいやというほどわかる。目隠しをされ、見張られ、身体も凍《こお》りついていた。

「ああ、神様……」

無意識の祈りを、姿もわからぬ男がせせら笑う。

その時だった。急に馬車が大きく揺れたかと思うと、馬の高いいななきが響《ひび》き、危うく転倒しそうな勢いで馬車が急停止した。

新たな恐怖が、ニーナの心臓を暴れさせる。

「なんだ?」

男が忌々《いまいま》しげに呟《つぶや》いて、ドアを開ける気配があった。冷気が忍び込んできたのとほぼ同時に、苦しげなうめき声が上がる。

何が起きているのか把握《はあく》できないニーナは悲鳴も上げられず、息を止めて縮《ちぢ》こまった。

怖い、怖い。もういや。もう――。

生きた心地がせず、頭のなかも真っ白になった。

ひたすらがたがたと震えていると、何者かが近づいてくる。

「神様、どうか、どうか……」

ほとんど息だけで呟いていると、涙で濡《ぬ》れた目隠しが取られた。突然飛び込んできた光に驚いて目を瞑《つむ》る。

「逃げるぞ」

いきなり腕を掴《つか》まれ、ニーナはびくりとなった。

「いや！　いや！」

ついに恐慌《きょうこう》状態に陥《おちい》って甲高《かんだか》い叫び声を上げ、狭《せま》い馬車のなかでじたばたする。すると、突然身体を抱き締められた。

「落ち着け。私はおまえを助けに来たんだ」

耳に低い声を吹き込まれ、ニーナは動きを止めた。力強く抱きすくめられているから動けなくなったというのもあるが、男の声は凛《りん》としていて、なおかつ貫禄《かんろく》があった。不思議と人を従わせる声だ。

「助、けに？」

「そうだ。私を信じろ」

身体が放される。恐る恐る瞼《まぶた》を開けると、目の前にフードつきの外套《がいとう》をまとった背の高い男性がいた。

目が慣れてくると、フードから黒い髪が覗《のぞ》いているのがわかった。ニーナが住むストラール王国のみならず、周辺諸国の間でも黒髪は珍《めずら》しい。まして彼の髪には黒曜石《こくようせき》のような艶《つや》があって、漆黒《しっこく》と呼ぶのが相応《ふさわ》しかった。こんな綺麗な髪を見ることは滅多《めった》にない。

ついまじまじと見つめてしまっていたニーナは、その前髪が彼の動きに合わせてさらりと流れた瞬間、大きく息を吸い込んだ。

黒髪に隠されていた瞳《ひとみ》が露《あらわ》になった。その瞳は、黒髪以上に稀有《けう》なものだった。

「金、色の……」

わなわなと震える唇《くちびる》で呟く。

希《まれ》に夜空に浮かぶ、常とは異なる濃い琥珀《こはく》。黄金に滲《にじ》んだ月を宿したような、貴重な輝きを放つ美しい瞳。

彼、だわ――。

茫然《ぼうぜん》となったニーナの心臓が、一気に早鐘《はやがね》を打ちはじめる。

ニーナは彼を知っている。知っているどころか、ずっと長い間会いたいと願い、思い焦《こ》がれていた。

記憶のなかの姿とは随分《ずいぶん》違っているけれど、彼に違いない。

けれどどうして彼がこんなところにいるのだろう？　確か彼は北のはずれの城に……。

金色の瞳を凝視したまま動けずにいるニーナに構わず、相手は短剣を取り出し、ニーナの両手を縛っていた縄《なわ》を馴《な》れた手つきで切った。

「今は説明している暇がない」

そう言って、無理やり彼の外套を羽織《はお》らされる。それはとても温かかった。身体がいかに凍えきっていたのかがわかる。

外套を脱いだ彼は乗馬服ではなく、黒のテールコート姿だった。使用人がするように金釦《ボタン》で上着の前を留めてあるのに違和感を覚えたが、美しい黒髪が風に靡《なび》く光景に見惚《みと》れてしまい、抱いた疑問はあやふやになった。

ルーカスさま……。

感動でいっぱいになったニーナは彼の名を呼びたかった。宝物のように心にしまっていた名前を。

しかし口を開く間も与えられず、強引に腕を引っ張られる。

「行くぞ」

促《うなが》されるがまま馬車を降りる。ニーナが足を着いたすぐ近くに、太った男が横たわっていた。

「ひぃっ――」

「死んではいない。気絶しているだけだ。じき目覚める」

冷静に説明して、彼はニーナの手を引く。馬車の前方に回ると、御者《ぎよしや》も前屈みになってぐったりしていた。

その先に、馬車の行方を塞《ふさ》ぐようにして悠然《ゆうぜん》と立つ馬体が見えた。

彼が「ディモ」と囁くと、馬が近づいてくる。素晴らしい黒い鬣《たてがみ》。暗闇のなかでもはっきり

とわかる毛艶のよさ。そして優美な姿。王者のような貫禄を漂わせた黒い馬だ。

「いい子だ」

彼は馬をひと撫《な》でしてから、ニーナに向かって言った。

「乗れ」

ニーナは戸惑《とまど》ってしまった。実は乗馬が得意ではない。令嬢のたしなみとして当然それなりの練習はしてきたが、いつも騎乗を拒否されたり、乗れたとしても馬が止まったままだったりするのだ。しかし、

「急げ。やつらが目を覚ます」

まごついている場合じゃないということはニーナも理解している。

意を決し、彼の手を借りて馬の背に乗った。

絶対暴れるだろうと覚悟していたのに、馬は意外にもおとなしくニーナを乗せた。今までどんな馬にも拒絶されてきたニーナは、こんな時なのに、すんなり騎乗できたことに驚き喜んだ。

すぐに彼がニーナのあとに続く。颯爽《さっそう》と騎乗する姿は軽やかでありながら、支配者然とした風格があった。つい見惚れてしまう。

「しっかり掴《つか》まっておけ」

馬が走り出す。いきなりの襲歩《しゅうほ》に面食らって、慌《あわ》てて縋《すが》るものを探した。だが、そんなこと

をせずとも身体は安定しているのに気づく。横乗りしたニーナは、背後からひしと支えられていた。

後ろから伸びた腕がしっかりと手綱《たづな》を握っている。背中に感じる体温はとても心強い。

外套を羽織っているとはいえ、イブニングドレス姿でびゅーびゅーと吹きすさぶ晩冬の夜風を切るという、非現実的な状況。まして今から先自分がどうなるかもわからないというのに、馬車のなかで感じていた恐怖心は消え去っていた。

むしろ胸が躍っていた。

それほど彼は、ニーリにとって特別な人なのだ。


あれはニーナがまだ五歳の頃だった。宮殿で開かれたお茶会での出来事だ。

お茶会がはじまってからしばらく経《た》った頃。両親はそれぞれの友人たちと談笑しており、ニーナは退屈しだしていた。

初夏で、広大な庭の隅々《すみずみ》まで美しいバラが咲き誇っていた。気品高い赤色の大輪のバラに、ピンクや黄色の可憐《かれん》なバラ、フリルのような花びらを持ったバラ。目にも楽しい花々の上で、白く小さな蝶《ちょう》が舞い、艶《あで》やかな模様の大きな蝶が優雅に翅《はね》を休める。心をくすぐる光景だった。

大人たちのお喋《しゃべ》りになど興味のないニーナはうずうずしてしかたがなく、こっそり両親のもとを離れた。

たくさんのフリルとリボンで飾られた白いドレスを軽々と舞わせながら、あちこちに咲いているバラを見て回る。そうしていると、少し先の木の傍《そば》に赤茶色でふわふわとした尻尾《しっぽ》を持った動物を見つけた。

栗鼠《りす》だ。途端ニーナは目を輝かせ、栗鼠のほうへ近づいていった。

だが野生の栗鼠は気配に気づいてすぐに逃げてしまう。ニーナはそれを追いかける。栗鼠はまた逃げる。そうやって栗鼠を追い回しているうち、宮殿の裏に池を見つけた。

初夏の日差しを反射して、池はきらきらと輝いていた。水鳥が数羽、水面で寛いでいた。

池のほとりには、眩《まぶ》しいほどに白い柱と丸い屋根から成る東屋《あずまや》があった。広い池に対して東屋は可愛らしい大きさで、その色や丸いかたちが砂糖菓子を思わせる。東屋に興味を引かれて傍に寄ってみたニーナは、柱の裏に人影を見つけて飛び上がった。

柱に凭《もた》れていたのは、上等な上着と膝《ひざ》までのズボンを履《は》いた黒髪の少年だった。少しだけ自分より年長に見える。

彼はニーナに気づくと、慌てたように頬《ほお》を手で拭《ぬぐ》った。

「泣いていたの？」

ニーナは彼のもとへ急ぎ、首を傾《かし》げて窺《うかが》う。涙は拭《ふ》き取られていたが、目元が赤くなっていた。

だけどそれよりも、ニーナは彼の瞳に目を奪われた。少年の瞳は、母に見せてもらった琥珀《こはく》という宝石によく似ていた。いや、琥珀以上に美しい金色だ。

「君、誰？」

泣いているところを見られたからか、少年は目を伏せがちにして訊《き》いてくる。

「私、ニーナ。ニーナ・ラウィーニア」

たどたどしく名乗ったニーナは、軽やかなスカートの裾《すそ》を持ち上げ、覚えたてのお辞儀《じぎ》をした。

「天使じゃないのか」

少年はちょっと残念そうにぽつりと呟いた。どういう意味かとニーナが仕草で訊き返すと、彼は少し笑った。

「ふわふわしているから、天使かと思ったんだ」

真っ白なドレスではなく、肩先で遊ぶニーナのブロンドの髪を彼は目で示す。

「あの、どこか痛いの？」

彼が泣いていたことを思い出して尋《たず》ねた。すると相手は憂《うれ》いを含んだ顔を見せ、ゆっくりと頭を左右に振った。

「哀《かな》しいだけだよ」

「哀しいことが、あったの？」

ニーナは眉根を寄せる。彼は少し迷ったのち、手にしていたものを見せてきた。それは眩《まばゆ》い金でできた、立派な懐中時計《かいちゅう》だった。

「これを、池に放り込まれそうになったんだ。大切なものなのに」

彼は懐中時計を、本当に大事そうにぎゅっと胸に抱いた。

「誰が、そんな悪いこと……」

「お兄さまだよ」

彼の話によると、彼の兄はいつも乳母《うば》や家庭教師の目を盗んで苛《いじ》めてくるらしい。今日もこっそり池まで連れ出されて、意地悪をされたのだという。

「ひどい」

率直な感想に、相手も眉間《みけん》に皺《しわ》を刻《きざ》んだ。

「僕、この瞳のせいで、お兄さまに嫌われてるんだ。変な色だから」

彼の言葉を聞いて、ニーナはびっくりした。

「どうして？　とっても綺麗なのに」

「綺麗？」

彼は子供らしからぬ懐疑《かいぎ》的な顔をして、身を屈ませた。そうすると、頭ひとつ分背の低いニーナの眼前に、彼の顔が近づく。ニーナは生まれて初めて、心臓がどきっと跳《は》ね上がったのを感じた。

「この瞳が綺麗だって言うの？」

訊かれて、こくりと頷《うなず》く。どうして疑われるのかわからなかった。

「僕は君みたいな青い瞳がよかった。髪も、こういう色がいい」

彼はニーナの髪を撫でて言った。そんなことをされると、なんだかくすぐったい気持ちになった。

「取り替えっこ、できたらいいのに」

ニーナの言葉に、相手はきょとんとした。

「本当にいやじゃないのかい？　この瞳や髪が」

彼は自分の瞳を指差し、次に髪を手で梳《す》いてみせる。指に絡《から》まってもすぐにほどける髪は、いかにもさらりとしていて美しかった。

「私はとても好き」

ニーナはにっこりと笑った。

「お月さまみたいだもの」

そう言うと、相手は怪訝《けげん》な顔をした。だがニーナは自分の発した言葉に心を浮き立たせた。我ながらあまりに的確な表現だったからだ。宝石の琥珀よりもっと美しいもの。真っ黒な夜空に浮かぶ、唯一無二《ゆいいつむに》の輝き。

彼の瞳は、月によく似ていた。

「そうだ。私ね、お月さまの歌知ってる」

「歌？」

「そう。あのね。お母さまが教えてくれたの。歌ってあげる」

ニーナは息を吸い込んで、歌いはじめた。ワルツと名のつく三拍子の曲ながら、ゆったりと優しい調《しら》べの歌だ。

月に恋をした白い花は、甘い香りをまといながら夜を待っている。花が真っ白なのは、暗い夜でも見つけやすいように。一晩中月を見つめて、朝が来ると花は哀しげにしぼむ。次の夜までの時は長い。しかも会えない夜もある。だから会えた時は、とてもとても嬉しい。

そんな歌詞の意味を、当時のニーナはまったくわかっていなかった。けれど旋律《せんりつ》がうっとりするほどロマンティックで、心がほわりと温かくなるから大好きな歌だった。

最後まで歌い終えると拍手《はくしゅ》が聞こえた。見れば、少年が手を叩《たた》いていた。真っ直ぐに背を伸ばし、目を輝かせて。

「やっぱり天使だ」

彼はそう言ってニーナの手を取り、甲《こう》に唇を寄せてきた。紳士的な挨拶《あいさつ》をされ、ニーナははにかんでもじもじした。

「今まで聴いたどんな歌声より素晴らしかったよ、ニーナ。もっと聴かせて欲しい」

彼の賞賛は身に余る気がして面映《おもはゆ》かったが、世辞ではなく、心から言っているのがその明るい表情でわかった。だからニーナの心にもきらきらとしたものが生まれた。

照れて頰《ほお》を赤く染めながらも、知っている歌を次々に披露《ひろう》した。褒《ほ》められたこと以上に、彼が笑顔になったことが嬉しかった。

一曲ごとに拍手と賛辞《さんじ》を送ってくれた彼は言う。

「毎日聴きたいな。ニーナも僕の家に住めばいいのに。ほら、僕の家は大きいし、部屋だってたくさんあるんだ」

そう言って彼が宮殿を指差すので、ニーナは目を丸くした。

「あなた、ここに住んでるの？」

宮殿へ向かう馬車のなかで、ニーナは父から聞いていた。今から行くところにはこの国でいちばん偉《えら》い王さまとその家族が住んでいるのだと。だから行儀《ぎょうぎ》よくしなさいときつく言いつけられていた。

「そうだよ。お父さまが王さまなんだ」

少年はこともなげに告げてきた。

信じられない……。

仰天《ぎょうてん》したニーナは急に緊張して、じわりと涙を浮かべた。幼いニーナなりに自分の失敗を悟ったのだ。

王子さまの前で、しおらしくするどころか自由に振る舞い、あろうことか好き放題歌をうたってしまった。

「私、お父さまに叱られるわ」

父はたっぷりと愛情を注いでくれる反面、子爵《ししゃく》令嬢としての教育には厳《きび》しかった。ニーナはすでに読み書きやマナーはきちんと教え込まれていたが、天真爛漫《てんしんらんまん》な品行を咎《とが》められることもしばしばだった。

「どうして？」

「だって、王さまの前では行儀よくなさいって」

ニーナがおろおろと告げると、少年はくすりと笑った。

「僕は王さまじゃないよ」

「でも王さまの子供でしょう？」

どちらにしても偉い人なのだ。大きな青い瞳を潤《うる》ませるニーナの頭を、彼はぽんぽんと優しく撫でてきた。そんな気さくさにも困ってしまう。

だけど、

「じゃあ、僕たちだけの秘密にしよう。僕と会ったこと、君のお父さまに内緒《ないしょ》にしていれば怒られなくて済むだろう？」

彼は悪戯《いたずら》っぽい笑顔を見せて、人差し指を自分の唇にあてた。

「僕だって、こんなところに君といたこと、乳母に知れたら大変だ。本当なら今僕は、迷路園でかくれんぼしてることになってるんだ」

彼の言葉は、やけに心強かった。今思えば子供の他愛ないはかりごと。でも幼いニーナには魔法の呪文《じゅもん》のように感じられた。

「あの、あなたは……」

「ルーカスだよ、ニーナ。ルーカス・ラザラス・ウォード」

確かに王家の名を口にしながらも、彼の笑顔は親しみ深い。

そして眇《すが》められた瞳はまた違った魅力があり、ニーナは一瞬にして柔らかなその光に心を奪われた。

それが初めての、そしてニーナにとって今までたった一度だけの、恋に堕《お》ちた瞬間だった。

随分《ずいぶん》長い間馬で疾走《しっそう》した。

延々と暗い森が続いている。左右から木々が迫ってきそうなほど道は細く、雪どけの名残《なごり》か、ぬかるんで起伏も激しい。

そんな悪路《あくろ》でも、背後の彼は巧《たく》みに馬を操って難なく進んだ。

ニーナはずっと後ろが気になってそわそわしていた。けれど馬は絶えず走り続けていて、振り向く余裕はない。

「わ……」

馬が森を抜けた時、ニーナは驚きの声を上げた。いきなり古めかしい城が現れたのだ。

夜で、細かいところまでは把握《はあく》できないが、聳《そび》え立つ城が威容《いよう》を誇るものであることはよくわかる。

おそらく百年以上昔に建てられた要塞《ようさい》城なのだろう。堅牢《けんろう》な石造りの城は、全体を高い城壁に囲まれており、立派な円形の塔も見えた。

普通なら正面に見えるはずの塔が遠くにあるので不思議に思ったが、すぐに理由を理解する。

ここは城の裏手だった。

城に近づくと、馬がまるで足音を潜《ひそ》めるみたいな並足になる。

「あの――」

彼のことを確認したくて背後を窺った途端、手で口を塞がれた。

「静かにしていろ」

本当は早く尋ねたかったけれど、耳元で命じられてしかたなく口を閉じた。

彼は馬を慎重に進ませる。そこはもう道とは呼べぬ場所で、鬱蒼《うっそう》と草木が茂っている。一体どうするつもりだろう？　そう考えていたニーナは目を丸くした。

気づけば、城壁の内側にいたのだ。

驚いたことに、馬に乗ったふたりは城壁の僅《わず》かな隙間から滑り込むように入城していた。うっすらと残雪をまとった植物が自由奔放《ほんぽう》に育っている。そこは、手つかずになった場所だった。

ふいに背後の彼が馬を降り、ニーナにも手を差し伸べてくる。手を借りるのにさえどきどきしたが、馬から降りるとすぐに背中を押して急《せ》かされた。

「入り口で待っていろ」

指差された先には一見何も見あたらず戸惑ったが、彼はさっさと馬を連れてどこかへ行ってしまったので、尋ねようもなかった。

しかたなく示された方向へ歩いていくと、高い草に隠れるようにして扉らしきものが存在していた。目を凝《こ》らしてようやく発見できるごく小さな出入り口だ。

本当にここで合っているのか不安になったが、待つ他ない。

それにしても近くで見ると、城は相当な威圧感を放っている。古色蒼然《こしよくそうぜん》とした城は、夜の闇《やみ》と雪化粧のせいでなおさら荘厳《そうごん》に見えた。人を寄せつけない雰囲気《ふんいき》が漂っている。

――ここに住んでらっしゃるのね……。

昂《たか》ぶる気持ちを胸に城を眺《なが》めていると、ほどなく彼が戻ってきた。

「しばらく黙っていろ」

いきなり彼は短く命じてくる。いろいろと問いたい気持ちを抑《おさ》えて頷《うなず》くと、彼は慣れた手つきで開錠《かいじょう》して、静かにドアを開けた。その先は急な上り階段になっていた。一体どこへ繋がっているのだろう？

彼に倣《なら》って足音をたてぬよう気をつけて歩きながら、ニーナは内心首を捻《ひね》っていた。なぜ彼はこんな風《ふう》にこそこそしてまで城を抜け出していたのだろう？

少し不安になったが、目の前を歩く真っ直ぐに伸びた背中を見れば不思議と安心させられる。彼の後ろ姿が、凛としていて頼もしいからだ。

首筋を隠す黒い髪、広い肩、長い手足。

――大人になられたんだわ。

当たり前といえば当たり前だが、ニーナにとってはとても感慨《かんがい》深い。何せ彼の姿を見るのは十年以上ぶりだった。

「入れ」

ふいに言われてはっとなる。いつの間にか階段の突きあたりに来ていた。彼が開いたドアの向こうから光が差し込んでいる。

促され、恐る恐るなかへ入ると、そこは格調を感じさせる木製の壁に囲まれた広い寝室だった。

部屋の中央に大きなベッドが置かれている。どっしりとした四柱式で、植物柄の細かな装飾のなされた天井《てんじょう》が重厚で美しい。そこから豪奢《ごうしゃ》な刺繍《ししゅう》の入った厚手の天蓋《てんがい》が垂《た》れ下がっている。上掛けや長椅子《いす》にも同じ刺繍が入っていた。色はすべて落ち着いたグリーンだ。

マホガニー製のマントルピースをはじめ、深い褐色《かっしょく》の椅子の背や柱の一本一本に花や蔦《つた》、躍動する鳥などをあしらった、精緻《せいち》でいて優雅な彫《ほ》り物がされている。

壁に飾られた風景画も合わせ、何から何まで城の外観に相応《ふさわ》しく古めかしい。でもだからこそ、部屋の主の誇り高さを窺わせていた。

「適当に寛《くつろ》いでいろ」

声に振り向いたニーナはきょとんとなった。今しがた自分たちが入ってきたはずの入り口が見あたらなかったからだ。あるはずのドアがなく、背後は書籍がぎっしりつまった本棚だった。

「ただの隠し通路だ」

端的に彼は言って、紐《ひも》を引いて呼び鈴を鳴らした。ニーナは改めて本棚を見る。やはりどう見ても普通の本棚にしか見えない。

ほどなくノックがあり、テールコートをまとった近侍《きんじ》らしき男が現れた。ステファンと呼ばれた男は指示を受け、暖炉に火を入れて一度下がった。

彼のステファンへの態度は、やはり彼が主《あるじ》だということを知らしめる。古くはあるが、とても立派なこの城の……。

「あの」

ニーナはとうとう、ずっと訊きたかったことを口に出す。なんだか緊張して、声が上擦《うわず》ってしまった。

「……ルーカス殿下《でんか》で、いらっしゃいますよね？」

ニーナの問いかけに、彼はさっとこちらを向いた。そして、まじまじと見つめてくる。

「もう一度喋《しゃべ》ってみろ」

「しゃ、喋るって、一体何を……」

困惑《こんわく》して言葉を濁《にご》らせていると、彼が近づいてくるのでどきどきする。さらには顎《あご》をとらえられ、ニーナは完全にろうばいした。

「声だ。声を聞かせろ」

「声、ですか？　えっと……」

彼の金色の瞳が間近に迫っている。世の中で何より美しいと思っている瞳が。

明るいところで見ると、なおいっそう瞳は魅力を増していた。

端麗《たんれい》なのは瞳に限らない。彼の顔立ちそのものが目を惹《ひ》くものがある。

洗練された彫像のような輪郭《りんかく》は、明らかに子供の頃のそれとは違う。涼《すず》やかな眼差《まなざ》しにも鋭さが加わった。唇が薄いため、見る人によっては冷たく感じられるかもしれないが、ニーナには神秘的な美しさに映る。

「あ、の……」

「ニーナ」

確信を持って名を呼ばれ、ニーナは大きく瞠目《どうもく》した。胸の奥からじわりとした熱が込み上げてくる。

自分は彼のことがわかった。それは当然だ。彼には特有の金色の瞳がある。だけどもブロンドに青い瞳の令嬢なんてどこにでもいる。ましてニーナが彼と会ったのは一度きり。それも、もう十二年も前のことだった。

「覚えて、いらっしゃった――あっ！」

突然抱き締められ、ニーナは舌《した》を噛《か》みそうになった。驚きのあまり、息も止めてしまった。状況を理解するにつれいっそう呼吸は乱れ、頬が熱を帯びる。

思えば馬車でも抱擁《ほうよう》されたが、錯乱《さくらん》していたあの時はただびっくりしただけだった。多少冷静になった今、こんな風にされたらどうしていいかわからなくなる。

「あ、あの……」

おろおろと視線を彷徨《さまよ》わせていると、耳元で彼が呟いた。

「やはりおまえだったか」

背中に回された腕に、さらに力が込められる。どきどきしてしかたがない。

「や、やはりって……あの、ルーカス、殿下……？」

困り果てて呼ぶと、相手はくすりと笑った。

「殿下は不要だ」

「でも……」

「おまえも知っているだろう？　私が謹慎《きんしん》中なのを」

最後は皮肉めいた言い方をして、彼はニーナの身体を放した。それとほぼ同時にノックが鳴り、ステファンと、フリルのエプロンをつけたメイドが紅茶を運んできた。ルーカスがメイドを、サンドラだと言って紹介してくれた。

「もう十月《とつき》以上にもなる。ここへ来た時は春の終わりだったから」

上着の釦《ボタン》を外しながら長椅子に座ったルーカスは、揺れる暖炉の火を見てそう言った。

それは去年のことだった。短い春が過ぎ去ろうとしていた頃、国中を騒がせる事件が起こった。若き王が弟である王子、ルーカスを突然辺境の城へ抑留《よくりゅう》したのだ。

ルーカスの側近の横領《おうりょう》が発覚したため、責任を取って一年間の謹慎処分という名目だった。だがどのような横領事件であったかの詳細は隠されたままだった。そのため国民はみな噂《うわさ》し合った。ルーカスは王に嵌《は》められたのではないか、と。

というのも、そもそも王の評判がよくなかった。独断で増税を決めたり、度重なる土砂災害の対策よりも宮殿の増改築を優先したり、ひどく傲慢《ごうまん》な政治を行っていたからだ。

ルーカスの留め置かれる城は北のはずれ、鬱蒼とした山のなかに建っている。山裾に小さな集落があるくらいで寂《さび》しい場所だ。そんなところに一年も謹慎させられるルーカスに対しては、多くの人々が同情を寄せていた。

ニーナも、ずっと彼を心配していた。

「ともかく温《あたた》まれ」

ルーカスは目で、ニーナにも長椅子に掛けるよう促してくる。サンドラに外套を脱がせてもらい長椅子に座ると、ステファンが紅茶をカップに注いでくれる。

よく見れば、彼のテールコートはルーカスが着ているものとまったく同じだ。

不思議に思いつつもカップを受け取り、礼を述《の》べてから口をつけた。甘い香りの紅茶には、身体を温めるための配慮だろう、ほんの少しだけお酒が入っていた。

使用人ふたりが去っていく。すっと背筋を伸ばしたステファンの後ろ姿を見ていると、既視《きし》感《かん》のようなものを覚えた。

ひとり首を捻っていると、ルーカスが言う。

「似ているだろう?」

「え?」

訊き返すと、彼はちょっと悪戯《いたずら》っぽく笑った。

「ステファンと私だ。背格好《かっこう》はほぼ同じなんだ」

そう言われて、ニーナは部屋に来るまで見つめ続けていた後ろ姿を思い出した。既視感の原因がわかった気がした。

ステファンは髪の色も暗いブラウンで、長さもルーカスとほぼ同じだった。瞳が緑だったり、顔立ちが異なっていたりはするけれど、背後からならば見間違えそうだ。

「城を抜け出す時は毎回彼のふりをしている。夜ならばうまくごまかせるんだ。さっきのふたりは私の行動を黙認してくれているが、正面と裏にいる門番は陛下《へいか》に忠実で、見つかったら厄介《やっかい》だからな」

　ニーナは反射的に、隠し扉になっていた本棚に目をやる。こそこそ城に入ってきたのはそういう理由だったのか。

「不便なんですね」

「しかたがない。謹慎中なのだから」

　確かに多少自由が制限されるのは当然なのだろう。けれど一国の王子が、十カ月も自由を奪われている状態はやはり異常に思える。

「ステファンやサンドラには、万が一兄が私の動きを察知《さっち》しても、何も気づかなかったと言うよう伝えてある。だからこのことについて、おまえも彼らとは話すな」

　わかったな？　と念押しされて、ニーナは頷いた。

「でも……でしたらどうして、危険を冒《おか》してまで外へ？」

　率直に問うと、ティーカップを受け皿に戻したルーカスは、しばし考えてから重々しい口調で言う。

「誘拐事件を、終わらせたい」

思いも寄らぬ言葉だった。でも彼の眼差しは真剣で、なおかつ哀《かな》しげだったから、どうして一国の王子さまがそんなことを？　と尋ねるのは憚《はばか》られた。

「実はずっと、事件について調べている。今夜も調べを進めていて、あの伯爵家から娘が攫《さら》われるところを目撃した。それがおまえだった。あのまま連れ去られていたら今頃……」

ルーカスは言葉を途中で切って、渋《しぶ》い顔をする。

馬車での出来事が甦《よみがえ》り、ニーナは身震いした。

視界が奪われ、知らぬ男に見張られ、どこへ連れていかれるのかもわからず、本当に恐ろしかった。

ルーカスの言うとおり、もし助けられずにいたら今頃どんな目に遭《あ》わされていたか知れない。考えるだけで気が遠のきそうになる。

「あ、あの……。助けていただいて、ありがとうございました。本当に……」

声が小刻みに揺れ、ニーナの顔はすっかり青ざめていた。今になって、自分が危険な目に遭っていたという実感が湧いたのだ。

静かにカップと受け皿を置いたルーカスが立ち上がって、ニーナの隣に座ってくる。そして、ニーナがつけている白い手袋をそっと外した。

「思ったほど痕《あと》はついていないな」

縛られていた手首を優しく摩《さす》られる。間近で見つめられ、ニーナは瞳が潤んでいくのを感じた。

胸に刻みつけられた恐怖と、救われたことへの感謝と安堵《あんど》。それからルーカスとの再会の感動。いろいろな気持ちが溢《あふ》れかえっていた。

「大丈夫だ。ニーナ。おまえは助かったんだ」

ルーカスはそう言って、涙が伝ったニーナの頬を撫でる。優しくされると、なおさら瞼《まぶた》の裏が熱くなった。

「もう心配は無用だ。おまえは誰にも奪わせない」

真っ直ぐに見つめられて、心臓が大きく跳ねた。彼の言葉の強さに心が打ち震えた。ニーナは濡れきった瞳を揺らして、ルーカスを見上げる。すると相手はなせだか困ったような顔をした。

「そんな目をするな」

彼は苦笑交じりにそう言った。

「そんなって……？」

小首を傾げると、彼は目元に触れてくる。

「とろけそうな目だ」

それがどういうものかわからなかったが、頬が熱くなった。ルーカスが含《ふく》みのある表情を向けてくるから、自分が何か恥ずかしいことをしてしまっているように思えた。

「あの……」

急に、彼に触れられているということを強く意識して、ニーナは僅《わず》かに身じろぐ。だが相手は手を離すどころか、今度は結い上げた髪を撫でてきた。

「随分《ずいぶん》走ったから、乱れてしまったな」

そう言って、ルーカスは勝手に髪をほどいてしまった。少し癖《くせ》のある長いブロンドの髪が、波打って背中に流れる。

「こうしているほうがいい」

彼は、猫の毛のように細く柔らかなニーナの髪を一束手に取って弄《もてあそ》ぶ。

「そんなわけには……」

人前で髪をきちんとまとめるのは令嬢のたしなみだ。それに、ニーナはすぐにふわふわと遊ぶ自分の髪が好きではなかった。まとめずにいると、くせっ毛をごまかせない。

ルーカスは優雅な手つきで髪を掻き上げ、今度は耳に触れてくる。ニーナは困惑《こんわく》を色濃くした。

「ルーカスさま？」

「なんだ？」

彼の声音《こわね》は、どことなく面白《おもしろ》がっているものに聞こえた。ルーカスの長くしなやかな指は、続けて顎の横を辿《たど》りながら喉元《のどもと》に触れてくる。

「あ、の……」

「子供の頃とは変わったが、やはりおまえの声はいいな。品があって、妙に甘い。誘われている気分になる」

言いながら、彼は貴重な宝物に触れるみたいな仕草で指先を行き来させる。無防備な喉を執《しつ》拗《よう》にくすぐられ、ニーナは思わず息を呑み、喉を上下させた。

「ん、ふ、う……」

自然に洩《も》れた微《かす》かな声に、ルーカスが目を瞠った。ニーナは変な声を出してしまった気がして、いっそう頬を熱くする。

「すみません……」

「謝る必要はない。むしろもっと私に聴かせればいい」

「そんなの……」

思わず顔を背《そむ》けたが、先ほどのように顎をとらえられ彼のほうを向かされた。

「私の目を見ていろ。おまえは、この目がいやではないのだろう?」

ルーカスはやや皮肉めいた笑みを浮かべた。珍《めずら》しい瞳だから、いやがる人もいるのだろうか? そういえば幼い頃、目の色のことで兄から苛められると言っていた。

「いやでは、ありませんが……」

否定したものの、ニーナはどうしても彼の目をまともには見られなかった。

「いやでなかったら、どうして目が揺らぐんだ?」

「なんだか、恥ずかしくて」

素直に告げると、ルーカスは小さく笑った。

「さっきは自分から見つめてきていただろう? あんな目をして」

「そういうことを、おっしゃるから……。それに、そうやって……んっ」

なめらかな首元から清楚《せいそ》で細い鎖骨《さこつ》へと下りていく、彼の指を目で示した。胸元の開いたイブニングドレスを着ているから、彼が触れているのは素肌だ。家族以外の男性に、肌に直接触られるなんて経験はない。

「おやめになって、いただけませんか?」

「なぜだ?」

「なぜって……」

ニーナが当惑していることなど見ればわかるだろうに、ルーカスの指は、なおもニーナの肌の上を這《は》う。

開いた胸元を飾る、薄羽のようにひらひらしたレースの上を、指は幾度《いくど》となく往復した。

「声も変わったけれど、身体はもっと変わったな」

ルーカスの手がさらに下りて、胸の膨《ふく》らみにあてがわれる。

「やっ……」

恥ずかしくて胸を庇《かば》った腕を、ルーカスはあっさりと捕まえた。かと思うと、彼はドレスの横の留め具を外していく。

「な、何を」

慌ててもう片方の手で阻止しようとするが、それもとらえられてしまう。

「ニーナ」

ふいにぞくりとするような声で名を呼ばれて、思わず彼のほうを見る。

見つめてくる瞳は、今までよりも琥珀が濃くなった気がした。それに、何か特別なものを滲《にじ》ませている。心の奥底を激しく揺さぶるような光だ。

どこか危うげな輝きを持った金色の瞳に射抜かれ、身体が動かせなくなった。瞳に、縛られてしまったみたいに……。

ていた。

「あ、の……」

ルーカスが、端正《たんせい》な顔を近づけてくる。ニーナは固まったまま、それをまじろぎもせずに見ていた。

唇が、重ねられた。

ニーナは青い目を大きく見開いたまま、彼の唇を受け止めていた。

——これって、キス……？

どうしてこんなことになっているのかわからず戸惑うのに、やはり身じろぐこともできない。ひたすら弱りきっていた。

じっとしているニーナを誘うように、唇が軽くついばまれる。そして角度を変えて、さらに強く唇が合わさってくる。そうされると、薄いはずの彼の唇の確かな弾力を感じて、ニーナは思わず息を呑んだ。

「んっ……」

ふいに、唇に濡れたものが触れて、我知らず吐息がこぼれる。するとそれはなめらかに滑って、唇のあわいに忍び込んでくる。

「うふっ……うっ」

割入ってくるのがルーカスの舌だと気づいて、ニーナはおののいた。けれどもしっかりと両手を握られ、宥《なだ》めるように指まで絡《から》められるとどうしても抵抗できず、深くなる一方のくちづけをじっと受け入れるだけになってしまう。

舌先が、たじろぐニーナの舌を探る。驚いて引っ込めても、それはあっさりとからめとられた。

そうやって彼は、徐々《じょじょ》にニーナの緊張をといていった。

萎縮《いしゅく》して力の入った指先を、ルーカスが優しくくすぐってくる。

「ふ、う……」

ゆっくりと重なった舌を擦り合わされると、洩れる吐息が潤《うるお》っていく。じわりと、身体が熱を灯《とも》しはじめる。

一体これはなんなのだろう？　何がなんだかわからないまま、どこかへ導かれている。ニーナの知らぬところへ。

不安になって身を引こうとした時、くちゅ、と音がたつ。ニーナの薄い舌が、ルーカスの口腔《こう》に含まれていた。飴《あめ》か何かのように、彼はニーナの舌を口のなかで転がし、舐《な》めとかそうとする。

「んんっ……う……」

身体から力が抜けていく。

掬《すく》い取られた舌がルーカスに弄ばれる。彼の舌はそれ自体が生き物であるかのように自由に動いて、戯《たわむ》れるみたいにニーナの舌に絡みついた。

淡く食《は》むように吸いついて、正しく並んだ歯の裏や、その先の上顎にまで彼は舌を伸ばしてくる。

とてもおかしな感じ。だけども、気持ち悪いとかくすぐったいとかじゃなくて……。

——どうしよう……。

思考が滲んでいく。頭の芯《しん》が揺らいでしまう。

「あっ……ふ、ぅ……も、だ……」

息が上がって、だめ、と言葉にすることすらできなくなっていた。

身体が妙に熱く感じる。

「んっ——」

ふいに胸元に触れてくる手に気づいて、ニーナははっとなった。いつの間にか、ドレスの前身ごろがはだけられていた。その隙間から滑り込んだルーカスの手が、コルセットにふっくらと持ち上げられた胸の上を這っている。

胸の柔らかさを確認するように指を押しあてられたり、指先を谷間に潜《もぐ》らされたりして、ニーナは身をこわばらせた。

「おまえがどう成長したか、見せてみろ。あの頃——十二年前とは随分変わったんだろう？」

ルーカスはそう言いながら、ドレスのボディスを剝《は》ぎ取ってしまった。

「やっ……」

ニーナは両腕で身体の前面を隠した。けれどルーカスは構うことなく、今度はコルセットの背中の紐《ひも》をほどきにかかる。

「何を、なさるんですか」

混乱して逃げようとするが、すでにニーナの身体は長椅子のいちばん端にあった。腰を浮かせたところで、たちまち押さえつけられる。

「おやめください……ルーカス、さま……」

隣からかぶさってくる彼の顔は間近に迫っていた。だから困ったことに抗議の声が消え入ってしまう。どうしてこんな魅力的な瞳をしているのかと思う。

「本当にやめて欲しいのか？」

ルーカスは、互いの鼻の先が触れるほど顔を近づけてくる。ニーナは息を殺した。

「頰を上気させて、ほら、目元まで赤い」

彼はニーナの眦《まなじり》にキスをして、そのままこめかみ、耳へと唇を這わせた。耳たぶを甘く嚙《か》まれて、また身体がわなないた。

「いい子にしていれば、気持ちいい思いをさせてやる」

「きもち……？　んっ、あっ……」

突如《とつじょ》首筋に吸いつかれて、思わず高い声が洩れた。彼の薄い唇はニーナのなめらかな肌を食《は》みながら、胸へと移動していく。

同時に緩んだコルセットが外され、床に落とされる。シュミーズとスカートだけになったニーナは心許なくて、視線を忙《せわ》しなく揺らした。

「これで、少なくともおまえの感触は知ることができるな」

熱っぽい声で囁いたルーカスが、シュミーズの上から手をあてできた。今まで硬いコルセットに守られていた膨《ふく》らみが、薄い布越しに触れられてしまっている。手のひらで包まれると、しっかりと彼の体温が伝わってくる。

「だ、だめ……」

「何がだ？」

彼は手のひらをゆっくりと回した。大きな手のひらにも余るニーナの胸が、ふるりふるりと揺さぶられる。

「ど、どうして、こんなこと」

シュミーズ越しに胸を優しく揉《も》みながら、ルーカスの指先は、何かを探すように妖《あや》しくうごめいていた。

「可愛《かわい》いな」

彼が見つけたのは胸の先の小さな粒だった。しおらしく埋もれているそれを、彼は爪《つめ》の先でそっと引っ掻《か》いて、指先でくにりと捏《こ》ねた。途端、ニーナの身体が小さく弾み、甘い声がこぼれ出る。

「やっ、やめ……」

「こうされると、気持ちがいいだろう？」

彼はなおも指を艶《なまめ》かしく使って、胸の頂《いただき》の粒を刺激した。

親指で押しつぶし、曲げた人差し指にひっかける。そうされているうちに、恥ずかしがっていたそれが、初々《ういうい》しい蕾《つぼみ》のようにぷくりと硬くなっていくのがわかった。

その突起を、ルーカスが摘《つま》み上げる。

「ああっ……やぁんっ……」

痺《しび》れるような感覚が生まれて、身体中に奔《はし》っていった。

「そうやっておまえがいい声で啼《な》くから、もっと聴きたくなる」

「な、くっ……て、ぁあんっ」

ルーカスの指が尖《とが》りをつつく。蕾は熟《う》れていくにつれ、どんどん敏感になっていった。今や、布が擦れるだけでも全身がひどく昂《たか》ぶってしまう。

「いや、んっ」

言葉は嘘《うそ》ではなかった。恥ずかしくて不安で、やめて欲しいと心から思っていた。けれど同時に何かに囚《とら》われていくのも感じていた。見知らぬ悦《よろこ》びに包まれて、身体がふわりと浮いてしまうような感覚に胸がざわざわと騒ぐ。

急にルーカスがシュミーズの釦《ボタン》を外すので、ニーナは身を捩った。

「も、もう……だめです……」

「布の上からでもあんなに感じたのに、興味がないのか？」

意地悪な目を向けられ、顔を背ける。何を言われているのかわからなかった。するとルーカスは耳元で囁く。噛んで含めるような言い方で。

「膨らみきった胸の蕾を直接触られたらどんな快感があるか、知りたくはないか？」

「そ、そんなの……」

ニーナはふるふると首を左右に振った。羞恥《しゅうち》に耳まで赤く染まっていた。

「私はもっとおまえのいい歌声を聴きたい」

ルーカスは無防備になったニーナの肩にくちづけて、ちゅうっと音をたてて吸う。そして、シュミーズの肩紐を落とした。

シュミーズはあっけなく滑り落ちて、柔らかな丸みが露《あらわ》になった。雪のような肌の白さ、そして弄《いじ》られた先端の、ほのかに色づいた薄紅色をルーカスが矯《た》めつ眇《すが》めつ眺めてくる。

「惹《ひ》きつけられる色だな」

言いながら、彼は胸に手を添わせた。いまだ、胸を晒《さら》してしまった羞恥に身悶《みもだ》えていたニーナは、いきなりそれに触れられて動転した。

「だめっ、だめ、です……」

胸を隠すため前屈みになろうとしたが、肩を押さえられて阻《はば》まれる。

「瑞々《みずみず》しい果実のようにまどかな胸なのに、なぜ恥ずかしがる？」

そんなことを言われると、全身に火をつけられた気になる。

「からかわないで、ください」

ちらと目線だけ上げて懇願《こんがん》する。すると彼は少し考える素振りを見せた。一瞬、もう意地悪をやめてくれるのかと期待したが、それは相当甘い考えだった。

ルーカスは、簡単に破けてしまいそうなチュールレースを重ねたスカートとペチコートを、強引に捲《めく》り上げた。あっという間の出来事に驚き、ともかくスカートの裾を握る。

「胸を見られるのがいやと言うなら、こちらで許してやる」

鷹揚《おうよう》に言いのけながら向かいに回ってきた彼は、ニーナの脚《あし》を長椅子に上げさせ、あろうことかそれを左右に開いた。

「いやっ――」

閉じようとした脚も固定され、気づけば長椅子に上げた脚を、膝《ひざ》を立てて開くというとんでもない恰好《かっこう》になっていた。

真っ白なドロワーズが、すっかり露になってしまっている。

「ルーカスさま、どうしてこんな……」

改めて問うと、ニーナの前に跪《ひざまず》いた彼は膝頭にくちづけてきた。

「おまえの成長した姿を知りたい。何より、おまえの啼《な》き声がもっと聴きたい。快感に溺《おぼ》れたおまえが、どんな歌を響《ひび》かせるのかを知りたいんだ、ニーナ」

ロマンティックな詩を朗読《ろうどく》するように彼は言った。その瞳は、熱を孕《はら》んで見えた。

ただでさえ彼の金色の瞳は魅惑的なのに、それに艶《つや》を含まれたらひとたまりもない。見る間に、心と身体を支配されてしまう。

「その瞳を、なさらないでください」

先ほど自分に言われたのとよく似た言葉を呟く。彼は笑って、ニーナと同じようにどんな目だと訊いてきた。

ニーナは返答に困り、彼の視線から逃れたくて顔を逸《そ》らす。

「こま、るんです……」

それが率直な気持ちだった。

瞳に縛られてしまうのだ。だめだ、いやだと思いながらも、おとなしく服従させられてしまう。

身体が熱い。それだけじゃなくて……。

ルーカスが、ドロワーズ越しに腿《もも》へ触れてくる。手つきが妙に誘惑的に感じる。一体何をしようというのか予想もつかず、だからこそ、手の動きを目で追ってしまう。

内腿を何度も撫で擦られているうちに、そこが甘く疼《うず》きはじめる。それはじわじわと全身に伝わっていった。まるでニーナの身体を目覚めさせようとでもいうように。

ルーカスはゆっくりと指を滑らせ、腿の内側へと辿ってくる。

ニーナは身じろぎ、抗《あらが》って脚を閉じ合わせようと力を入れる。だけどルーカスは容赦《ようしゃ》なく、手を腿の付け根に向かって這わせた。

「いやっ、いや、です……」

彼の手が最も恥ずかしい場所に向かっていくのを感じ、ニーナは激しく動揺した。そこは、自分でもよく知らない部分だ。誰かに見せたり、まして触られたりするのは絶対にいやだった。

「や、やめてくだ……い」

腰を引いて精一杯逃げようとした。身を硬くし、泣きそうな顔をしていた。

なのに、ルーカスの指がいざそこに触れた瞬間、ニーナは思わぬ反応をしてしまった。ドロワーズの開いた部分から侵入してきた指がふっくらとした丘を這い下りて、密やかに窪《くぼ》んだ割れ目を撫でた時、今までになくあえかな声がこぼれたのだ。

慎ましく閉じていた割れ目を探られ、ひくんと肩が弾む。

「やっ、だめ……」

全身を包み込んだじんとした痺れは、なぜだか甘く感じた。予期せぬ感覚に怖くなる。

「ね、ねぇ……ルーカス、さま……」

けれども信じられないことに、ルーカスの手はいとも簡単にニーナを籠絡《ろうらく》した。

前後にうごめく指は恥ずかしい秘裂《ひれつ》にすぐに馴染《なじ》んで、そこはぬちゅりと濡れた音をたてはじめた。そんなところを潤ませるわが身に戸惑っているうちに、ルーカスはニーナをとろけさせてしまったのだ。

したたる蜜《みつ》をまとった指に擦り上げられ、花びらはあっけなく綻《ほころ》び、小さな芽は春に悦《よろこ》ぶように、膨らんで硬くなった。

困惑《こんわく》しながらも、意識も身体もからめとられてしまったみたいに、自分ではどうにもならなかった。

とうとう、ドロワーズまで剝ぎ取られる。もちろん抵抗はしたが、熱に浮かされた身体はすっかりへなへなになってしまっていた。

「味わってやろう、ニーナ」

露になったしなやかな腿に手を添わせたかと思うと、ルーカスはニーナの脚を大きく開き、いきなりそこへ顔を埋めてきた。

「ひっ——あああぁぁ、んっ……」

一瞬にして意識を攫《さら》うほどの刺激がもたらされ、思わず腰をくねらせる。ルーカスの舌が、花唇を押し開こうとしていた。

「だめっ……だめっ、そんな、のっ……しちゃ、だめ……」

ニーナは慌てふためいたが、しっかりと両脚を摑まれているので腰を引くこともできない。尖《とが》らせた舌先で秘裂を暴《あば》き、花びらにくちづけてくる。そんなことをされると頭がぐらぐらしてしまう。

だが彼は、ニーナをさらに追いつめるように鋭敏になった芽を舌でつついた。

ただでさえ潤っている場所を濡れた舌でぬちゅぬちゅとねぶられ、視界が暈《ぼ》けていく。頭のなかもぼんやりして、すっかり緩んでしまっていた。

「やぁっ、やなのっ……ルーカス、さまっ……ねぇっ……」

彼のざらりとした舌が蜜口《みつくち》をくすぐる。ひっそりとつぐまれていたそこを、開かせようとしているのだと感じた。

奥から蜜を伴って深い疼きが湧き上がってくる。すでに充分火照《ほて》りきっていたはずの身体に新たな熱が散った。

「いやっ……ん……や、めて……ルーカ、スさ……ま、もぅ……ほんと、に……」

どんなに翻弄《ほんろう》されても、不安がつきまとう。自分が見知らぬ何かになってしまいそうで恐かった。実際ニーナは、こんな自分は知らない。乱れて濡れて、身体をびくびくさせる自分なんて……。

ニーナが困惑の渦《うず》のなかでもがいている間にも、くちゅぬちゅと耳を塞《ふさ》ぎたくなる音をさせながら秘口《ひこう》が開かれていく。

「あぁぁんっ……そん、な……ところ……」

長椅子の上で、ニーナの腰はひとときも落ち着かず、絶えず切なげに震えていた。そして時折はしたなく跳ねる。

「ゃめ……やだ、ぁ……」

「おまえのここは、悦んでいるように見えるが？」

頭を振って否定したが、頑《かたく》なに思えた蜜口さえもすでにとろけていた。彼の舌に誘いをかけられると、呼応するように奥から蜜がじゅわりと沁《し》みだした。

確かに、愉悦《ゆえつ》を表しているようにしか見えない光景だった。

「どう、して……これ、恥ずかしい……のに……」

涙で濡れた睫を震わせながら口走った言葉に、ルーカスがふっと笑った。

「恥ずかしいから、だろう？」

とろりと酩酊《めいてい》しながら僅《わず》かに首を傾げると、彼はいきなり蜜口に指を押し込んできた。

「やっ……」

鈍《にぶ》い痛みと驚きから咄嗟《とっさ》に逃げようとする腰を、逆に引き寄せられる。そうすると、指がより深いところまで入り込んでくる。

「な、なか……ぃやっ……」

「どうして？　ひくひくして歓迎してくれているじゃないか。いや、むしろもっと奥へと誘われている気分だが？」

「で……でも、痛い」

「痛い？　本当に？」

彼は長く筋張った指を一度抜き、ひどくゆっくりと奥まで沈めてくる。そしてまた抜いて、挿《い》れる。滑らかに、指がなかを擦っていく。

「ふ、ぁっ……だ、め……いや……ぁあ……」

徐々に大胆に、指が出し挿れされはじめる。いやだと言いながら、その声は明らかに艶めいた響きを含んでいった。

確かに感じたはずの痛みさえ、甘さを増していく疼きのなかに埋もれてしまう。

「ほら、絡みついてくる」

知らしめるように、彼はわざと緩慢《かんまん》に指を動かす。濡れた襞《ひだ》は、まんまと煽《あお》られて彼の指を締めつけた。

「なっ、ちゃうの……これ、やなのに……ぁああん」

「本当にいい声だ、ニーナ」

彼は指を増やしてニーナのなかを掻き回しながら、伸び上がって唇を重ねてきた。

「もっと激しく啼けばいい」

乳房《ちぶさ》を持ち上げてくちづけられる。触れられてもいないのにつんと硬くなっていた蕾を舐《な》め、彼はそれをちゅくりと吸い上げた。

「は、ぁっん……」

スカートの留め具が外されたのに気づいたのは、脚と胸の間にあったそれが床に落ちてからだった。続けてペチコートも剝ぎ取られる。

そうしてルーカスは造作なく、ニーナを一糸まとわぬ姿にしてしまった。

林檎《りんご》の花のような薄紅色に染まった素肌を隈《くま》なく眺められ、ニーナは膝を抱えて裸身《らしん》を隠した。優しく灯っているはずの部屋の明かりが、やけに煌々《こうこう》と眩しく感じる。

「美しく育ったものだ」

ルーカスは目を眇《すが》め、上着を脱ぎ捨てた。シャツとズボンだけになると、彼の身体が引き締まっていることがよくわかる。大人の男性として成長した姿を目の当《ま》たりにして、なぜか胸が甘く騒いだ。

「どこかおかしいか？」

彼の身体をついまじまじと見つめてしまっていたことに気づいて、ニーナはあたふたした。

「子供の頃と違うだろう？　私も大人になったんだ」

意味ありげな表情を向けてきた彼は襟元の釦をひとつ外すと、ニーナの身体をベッドに横たえた。

「あ……」

同じくベッドに乗り上げてきた彼は、脚の間に身体を割り込ませてくる。そして、とろとろに濡れて疼いている箇所に何か、熱の塊《かたまり》を押しあててきた。

「な、に……？」

それは、ルーカスがズボンの前を寛《くつろ》げて取り出したものだった。

目にするのは初めてだったが、男性にのみ与えられたものだというのはわかる。思わず目を逸《そ》らすと、ルーカスはその先端でびっしょりと濡れた割れ目をくすぐってくる。

「そ、それ……あの……」

何をどうするつもりかと尋ねることさえ恥ずかしい。とてもいけないことをしている気がする。

「私の欲望だ。おまえのなかに入りたがって、こんな風に張りつめている。わかるか？　私のも滴《しずく》をしたたらせているだろう？」

説明をする間も彼は緩やかに腰を動かして、欲望の先でそろそろと花唇を撫で続ける。

「ふ、う……んっ……あっ」

屹立《きつりつ》の先端が花びらに擦りつけられ、快感に弱い芽にも押しつけられる。不安や戸惑いをも拉《ひし》いでしまおうとするように、ぴくんと尖った芽を下から強く抉《えぐ》られ、身体の芯が揺さぶられた。

「で、も……や、んっ……んんっ」

「でも？」

片脚を抱えられ、大きく開かされる。

「無理……です。おおき、くて……」

そこに指を挿れられていた感覚が甦る。彼のしなやかな指でさえ、入ってきた時はおののいたし、なかを掻き回されると圧迫感があった。そこの狭さは充分思い知らされている。

あの場所に、彼の欲望など入るとは思えなかった。彼の楔《くさび》は長さも嵩《かさ》もあって逞《たくま》しく、目にするだけでたじろいだ。

だがルーカスは、僅かずつ、しかし着実にニーナを押し開いていった。

「ほ、本当、に……？　あっ……」

濡れきった花びらが左右に大きく広げられ、気づけば楔の先がとろとろになった蜜口に接していた。

ニーナは息を呑み、薄紅色に染まった腿をこわばらせた。その内側を、ルーカスが優しく撫でてくる。

「誰にも、おまえを奪わせないと言っただろう？」

低く掠《かす》れた声で言われて、どきっとなる。おずおずと頷くと、彼は思わずうっとりさせられるほど蠱惑《こわく》的な笑みを浮かべた。

「つまり、私がおまえを奪うということだ」

艶《つや》めく琥珀の瞳に見つめられ、ニーナは身を打ち震わせた。傲慢《ごうまん》な彼の言葉に、どうしようもなく感情が昂《たか》ぶる。

　完全に彼にからめとられてしまった。甘い芳香《ほうこう》の罠《わな》にかかった蝶《ちょう》のように、じたばたしても無駄なのだ。

「うくっ……」

　ルーカスが少しずつ腰を落とす。彼の楔が、ゆっくりと蜜口へ捻《ね》じ込まれていく。

「力を抜け」

　ルーカスはそう言って、硬くなったニーナの身体を慰撫《いぶ》した。指が肌をなぞり、胸へと伝っていく。

　片手で柔らかな乳房を持ち上げ、指先で蕾を優しく転がされる。怯《おび》えたように縮《ちぢ》まっていた蕾も、彼に可愛がられるとすぐにぷくりと勃《た》ち上がった。

「こんなに従順な身体をしているんだ。きっとここも、悦んで私を受け入れるに決まっている」

　からかうような、惑《まど》わすような、彼の低い声はニーナの耳と心を同時にくすぐる。少しずつ、こわばりがほどけていく。

「――っ！」

　だが彼がぐいっと押し入ってきた瞬間、鋭い痛みがニーナを襲《おそ》った。再び全身に緊張が走る。途端に涙が溢れて、ぽろぽろとこぼれ落ちた。

「……ルーカス、さま……」

消え入りそうな声で名を呼び、濡れて心許なさげに揺れる瞳を向けると、彼はしっかりと抱き締めてきた。

「おまえは私のものだ」

どくん、と大きく心臓が跳ねた。尊大な言葉は、直接ニーナの胸に届いてそこに火を灯《とも》した。鼓動《こどう》を激しくする場所に、ルーカスがくちづけてくる。柔らかな膨らみを辿って、唇は胸の先に恭《うやうや》しくキスをした。

「ニーナ」

労《いた》わるように名を呼ばれ、ニーナも彼の名を口にする。そうすると、構えた心がほんの少しだけ和《やわ》らぐ。

「もっと、深くおまえを知りたい」

彼はニーナのなかに埋めた先端を、時間をかけて奥へと穿《うが》っていく。慎重なその動きにも、引き攣《つ》れるような痛みを感じて息がつまった。

「私に身を委《ゆだ》ねろ。そうしたら気持ちよくなる」

こんなに苦しいのに、気持ちよくなるなんて無理だと思った。だけど熱っぽい彼の瞳を見つめていると、恐れさえあやふやになっていく。

「……ルーカス、さま……」

「ほら、大きく息を吐いてみろ」

命じられるがまま、ニーナは呼吸を深くしていく。

「いい子だ」

艶然《えんぜん》と微笑《ほほえ》んで、彼はさらに深いところへ屹立を沈ませていく。

「ぁあ、おおき……」

「ああ。あと少しだ」

なかはすでにいっぱいになったと感じるのに、これ以上があるなんて。そんな怖気《おぞけ》を覚えつつも、濡れた花洞《かどう》がルーカスで満ちていくと考えると、なぜかぞくぞくするものが背中を這い上がった。

じゅわりと、また身体が悦んで蜜を溢れかえらせる。

「ほら、ちゃんと全部収まった」

そう言うルーカスの下肢は、ぴったりとニーナのそれと密着していた。恥ずかしくて、どこを見ていればいいかもわからなくなる。

だがたとえ目を瞑《つむ》っても、なかにルーカスがいる。熱く滾《たぎ》ったものに貫かれている。それを感じずにはいられない。

「わ、たし……どうすれば……」

男性に肌を晒《さら》し、恥ずかしいことを散々されて、乱れて、しどけなく高い声を上げて、ついにはあんなところに……。

どう考えても許されざることだ。

「身を委ねろと言っただろう？」

見下ろしてくるルーカスは高慢な表情だった。

「私が望むようにすればいい、ニーナ」

彼はそう言って、腰を揺らめかせた。彼の楔がうごめいて繊細《せんさい》な粘膜《ねんまく》を擦る。いっぱいいっぱいに引き伸ばされているにもかかわらず、襞がしっとりと濡れているせいだろう。花洞のなかで、屹立はなめらかに動いた。

律動が、徐々に大胆になっていく。

「ほら。すぐに馴染《なじ》んだ」

彼は一度楔を引き出して、疼く花びらを刺激しながら再び奥まで貫く。何度も擦られているうちに、ニーナのなかは抽送《ちゅうそう》をすんなり受け入れてしまうようになっていた。

最初感じた顔を歪ませるほどの苦痛はもうなかった。それが、ひどく恥ずかしい。

「うあ、んっ……」

曖昧《あいまい》になった痛みの代わりに、じわりと湧きたつものがある。甘く痺れるような、ニーナを惑わすあの感覚だ。

「気持ちよく、なってきただろう？」

見透かされ、どうしていいかわからず視線を逃がす。

ルーカスが欲望を押し引き出しするたびに、花洞は熟《じゅく》すように熱くなっていく。するとさらに彼の動きにも勢いが増す。内壁をぐりぐりと擦り上げられる。

「あっ、ぁあっ――」

突然最奥《さいおう》を突かれ、ニーナは目の前が真っ白になるほどの衝撃を覚えた。そこに彼の先端があたると濃密な悦びが生まれ、ニーナを昂ぶらせるのだ。

「やあぁ……そこ、やだ……へんな、の……」

「ここか？」

ルーカスは円を描くように、腰を回した。奥の弱いところがごりごりと捏ね回されて、強烈な疼きに眩暈《めまい》がした。

「すごいな……そんなに、いいか？」

訊かれて、わけもわからず頭を振り乱す。

身体の内側がしっかりと彼に絡みついていた。うねる襞に締めつけられ、ルーカスも低い呻きを洩らす。

「熱いな。おまえの、なかは」

どこか切なげなその声も、ニーナの熱く震える身をいっそう焦がす。頭の芯までとけていきそうだった。

「ひ、うっ……んっ……ルーカス、さまのっ、せい……」

「ああ。私がおまえを乱しているんだ。天使みたいな、おまえを」

「……あっ……どう、して、こんな……」

素肌を晒すなんて、身体を重ねるなんて、普通のこととは思えない。彼はどうしてこんなことをするのだろう?

ベッドに広がった髪を撫でたかと思うと、ルーカスは身体を起こした。そしてニーナの腰を引き寄せ、力が入らない両脚を摑んで高く掲げた。

「こうすると、よく見える」

彼の熱が、切なげに尖ったままだった芽を嬲り上げながら、再び蜜口のなかへと沈められる。

驚くほど深いところへ楔を突き立てられて、ニーナは激しく身悶《みもだ》えた。

「おまえの、大事なところを……私がこんなに淫《みだ》らに……」

ルーカスの目は、ふたりが繋がっている場所をじっと見つめていた。興奮を滲ませた声を聞かされると高揚が伝染しそうで、ニーナは耳を塞ぎたかった。

――これ以上おかしくなってしまったら、私……。

顔を背《そむ》けると、赤く染まった眦《まなじり》から涙がこぼれ落ちる。

先ほどよりも深い、奥の奥を滾《たぎ》りきった楔で揺さぶりたてられ、苦しいほどの愉悦《ゆえつ》に胸が大きく喘《あえ》ぐ。

ぬちゅぐちゅ、という音が響いている。掻《か》き出され、溢れた蜜が、小さな尻《しり》の狭間《はざま》を伝っていくのがいたたまれない。だがどうしても、そのいやらしい感触に煽られてしまう。

ニーナは両手で強く上掛けを握り締めた。そうしなければ、どこかへ連れていかれてしまいそうだった。

ルーカスに腰を打ちつけられるたび、なんだか得体の知れない強い衝動が迫り来る。

「ルッ……ルーカス、さまっ――あああぁぁっ……」

「ああ。溺《おぼ》れてしまえ、ニーナ」

ニーナは腰を浮かし、身体を仰《の》け反《ぞ》らせていた。爪先《つまさき》まで突っ張っている。

無意識に収縮する襞を猛々しい楔に擦られる。激しい抽送に、とろけた花びらも尖った芽も押しつぶされて堪らなかった。

「ああ――！　ん、んんっ！」

ずくん、と強く穿《うが》たれた瞬間、唐突に高いところへと突き上げられた。

ニーナはわけもわからず、突き動かされるがまま全身をびくんびくんと激しく痙攣《けいれん》させた。

ぎゅうぎゅうと強く締めつけたルーカスの欲望が、震える内襞に飛沫《しぶき》を迸《ほとばし》らせた。その熱さに、また身体は煽られて跳ねる。

それが去ると、とろんと重い陶酔《とうすい》がやって来る。もう、身体のどこにも力が入らなかった。

何が起こったのかと考えるのも億劫《おっくう》なほど、意識もぼやけていた。ただ衝撃の余韻《よいん》の醒《さ》めぬ身体を震わせていると、ルーカスがそっと抱き締めてきた。

「これから、もっといろんなことを教えてやる」

不遜《ふそん》に微笑んだ彼の目は何か企《たくら》んでいるようで、けれども深い琥珀はやはり美しかった。


終始身を小さくしながら、サンドラに風呂に入れられ、いつまでも薄紅色に染まったままの肌にナイトドレスを着せられて、ニーナは案内された部屋のベッドに潜《もぐ》り込んでいた。

天井から花柄の刺繍《ししゅう》の入った天蓋がかかったベッドは、年代ものではあったが、広さは充分だった。

使われていなかった部屋を整えただけだとサンドラは恐縮《きょうしゅく》していたが、どこも清潔《せいけつ》で、調度

品の数々はとても立派だった。

マホガニー製の化粧台や、天蓋と同じ花柄の刺繍の入った長椅子などはただ古いだけでなく、趣《おもむき》を感じさせる。

部屋でいちばん目立つ真っ白なマントルピースには、愛らしい天使の彫り物がなされていた。飾られた絵画も天使をモチーフにしたものが多く、よく見ればベッドの天井にも優しげな天使の姿がある。

それを見上げながら、ニーナはぽつりと呟いた。

「私、一体何をしているのかしら?」

本当に、何がなんだかわからない。

思い起こせば怒濤《どとう》のような一晩だった。

攫われ、助けられ、それから……。

ニーナの頰には、またぶわっと熱がのぼる。

「どうして、あんな……」

ルーカスの顔が浮かぶ。大人になった、彼の顔が。

ニーナは目を閉じて、心のなかにずっとあったルーカスを思い出そうとした。今とは違う、子供の面影を……。

彼に会ったのは一度きりだったが、あの一日でふたりはたくさん話をし、親しんだ。ルーカスはいろいろなことを教えてくれた。水鳥の名前や、栗鼠《りす》の居場所、さらにはニーナがうたった歌の花は、おそらく夜顔だろうということまで。彼の話は、どれもニーナをわくわくさせた。

そしてルーカスは「特別だよ」と言って、大切な懐中時計にも触れさせてくれた。眩い金の蓋《ふた》には王家の紋章と蔦が丁寧《ていねい》に彫り込まれていて、それを開けると、ルーカスに贈ったことを示すメッセージが刻まれていた。

贈り主として父の名があることを説明してくれたルーカスは、本当に誇らしげだった。

「大事な宝物なんだ」

きらきらと輝いた金色の瞳は、ニーナの心にも光を与えてくれた。一生灯り続けるであろう優しい光だ。

今に至るまでの十二年間、ニーナはずっとルーカスのことを気にしていた。

いつか謁見《えっけん》できるだろうか？　けれど覚えてはいらっしゃらないだろう。いやでももしかしたら……。などと考えながら、会える日を密かに心待ちにしていた。

だがルーカスは社交の場に姿を現さず、一度も会えぬまま時が過ぎた。そして彼は謹慎処分にされてしまった。僅《わず》かな望みも断たれた気がした。

彼がどんな暮らしをしているのかと気がかりだったが、まさかこのような形で彼に会えるなんて思ってもいなかった。

あまつさえあんな……。

ニーナは先ほどルーカスに翻弄されたことを思い出して、再び上掛けを引っ張って頭からかぶった。

一体なんだったのか、今でもよくわからない。

自分が自分でなくなったようだった。渦に巻き込まれ、なす術《すべ》なく高みへ昇りつめて、恍惚《こうこつ》のなかへ堕《お》ちてしまった。

なんとなくだけれど、あんな行いは親密になった男女がすることだと思う。

そう考えると、顔が燃え立つほどに熱くなる。

——ルーカスさまはどうして……？

ニーナとは、今夜再会したばかりだった。覚えていてはくれたけれど、どう思っていてくれたかはわからない。

胸が騒いで、妙にそわそわしてしまう。恥ずかしくて堪らないのに、彼と身体を重ねたことを思い出してしまう。

ニーナはぎゅっとわが身を抱いた。

明日彼と会うとしても、どんな顔をすればいいのだろう?

ふるっと頭を横に振る。もう眠ろう。そう思って目を閉じたが、眠れる自信はまったくなかった。

第二章　甘く奏でられるソプラノ

やはり寝不足のまま朝を迎えたニーナは、サンドラに勧《すす》められてベッドの上で朝食をとっていた。メイドの勧めということは、つまりルーカスの指示だ。

彼は見通していたのだろう。ニーナが眠れないことも、身体《からだ》がだるくなることも。

昨夜攻めたてられた箇所がひりつくような気がして、ニーナは眉根《まゆね》を寄せた。

考えを振り払うために、ベッドサイドに用意された朝食に視線を移す。磨《みが》かれた銀の盆に載《の》せられているのは、丸パンとベーコンエッグ、豆のスープとヨーグルト、それにミルクティーだった。メニュー自体はニーナが邸《やしき》で食べていたものよりも、随分《ずいぶん》簡素だ。

サンドラの話によると、なんと料理人はひとりしかおらず、ルーカスもいつも同じようなものを食べているとのことだった。それを聞いて、彼が謹慎《きんしん》中ということを改めて実感した。

そもそも使用人として城に滞在しているのが、王に忠実な門番を除《のぞ》けば、サンドラと、近侍《きんじ》のステファンと料理人というたった三人だけだという。城の規模を思えば愕然《がくぜん》とする少なさだ。

本当ならルーカスは宮殿に住み、多くの使用人に囲まれて何不自由なく暮らしているはずなのに。と思いながらスプーンを口に運んだニーナは目を見開いた。素朴《そぼく》に見えた料理が、驚くほど美味《おい》しかったのだ。

豆のスープはじっくりと煮込まれていて味わい深く、パンもほの甘くてふわふわとしている。ベーコンエッグも、見た目はいたって普通なのに、どこで食べたものよりも素晴らしい味だと感じた。

さぞかし料理人は丹精《たんせい》を込めて作ったのだろう。そう考えて、ニーナは明るい気持ちになった。

ルーカスへの尊敬が感じられたからだ。

城を抜け出すというとんでもない行動を黙認《もくにん》されているくらいだから、彼が使用人たちから信頼されているのは理解していた。でも彼のために日々料理人がこんなに美味しいものを作っているのだと知れば、その確信は深まる。ルーカスは間違いなく愛されているのだ。

それに、単純にルーカスが普段美味しい食事をとっているということに安心した。不便な生活でも、食事が美味しいというのは幸いだ。

そんな風《ふう》に思いを巡《めぐ》らせていたニーナは、ふと面映《おもはゆ》くなった。

——私、ルーカスさまのことばかり……。

昨夜散々翻弄《ほんろう》され混乱《こんらん》させられたのに、やはり彼を気にかけ、彼のことで頭がいっぱいになっている自分が恥ずかしい。

ニーナは赤くなった顔を両手で包んで気を取り直し、ヨーグルトの入った器を手にした。真っ白で、見るからになめらかなヨーグルトを銀のスプーンで掬《すく》って口に運んだ瞬間、ニーナの大きな青い目がいっそう丸くなった。

「美味しい……」

まろやかなミルク感が口のなかにほわりと広がり、心地いい酸味があとに残るのが爽《さわ》やかで、舌《した》が幸せになる。

心がほっとなって、自然なため息が零《こぼ》れた。

「いつまでもぐずぐずしてちゃだめだわ」

美味しい朝食に癒《いや》され、ニーナは背筋を伸ばした。窓の外は曇《くも》っていて薄暗いが、ベッドにいるにはもう遅い時刻だ。

まずは着替えと思い、サンドラを呼ぶため呼び鈴に繋がった紐《ひも》を引いてからはっとなった。

「私、ドレス……」

考えてみれば、誘拐から救出されたニーナはまったくの手ぶらでこの城へ来たのだった。

昨夜は動転したまま着替えをしたので気づかなかったが、今着ているナイトドレスも自分のものではない。サイズはほとんど合ってはいる。けれど改めてよく見てみると、若干袖《じゃっかんそで》が長い。

「これは、どなたの？」

呟《つぶや》いたニーナの胸は妙な具合に騒いだ。もしかして城内に、ニーナ以外の令嬢がいるのだろうかと思った。

ナイトドレスの胸元や袖口の丁寧《ていねい》な刺繍《ししゅう》のふちかがりが見事だし、襟《えり》ぐりに通されたリボンも光沢があり美しい。そもそも布地自体が上等なモスリンで、肌触りもよく、身分ある女性の持ち物であることは確かだ。

昨夜自分が助けられたように、彼は他の女性も救って城に匿《かくま》っているのだろうか？　そう考えるとなぜだか落ち着かない気分になった。

俯《うつむ》いていたニーナは、ノックを聞いて顔を上げる。入室を許可すると、サンドラが姿を現した。

ダークブラウンの髪をきっちりとまとめ、レースのついたキャップをかぶった彼女は、早速《さっそく》朝食の後片付けをはじめる。彼女は無口だが、とても有能だった。唯一《ゆいいつ》のメイドだから、城のことも熟知《じゅくち》しているようだ。

ナイトドレスの持ち主について訊《き》いてみようとしたものの、なぜか口ごもってしまった。まごついているうちに、サンドラは仕事を終えて部屋を出ていこうとする。

「サンドラ、あの……」

呼びかけに、彼女は立ち止まる。

「ドレスの、ことなんだけど」

そこでまた言い淀《よど》むと、サンドラは何かを察した顔をして頷《うなず》いた。

「ドレスはすぐにお持ちしますので、ご安心ください」


着替えが済むと、サンドラからホールでルーカスが待っていると伝えられた。ニーナはすぐにホールへ向かったが、彼に対してどんな顔をすればいいかわからず足取りは重かった。

ドレスの件も不明のままだし……。

ニーナは足元で揺れるドレスの裾《すそ》に目を落とす。

ふんわりと自然にふくらんだスカートは二重になっていた。上に重なっているスカートは光沢を醸《かも》し出すベルベットで、ところどころに清楚《せいそ》な植物の刺繍が入っている。気品高い青色が目に鮮やかだ。白い下のスカートの裾には行儀《ぎょうぎ》よく細かなプリーツが並んでいる。

肩の下に膨《ふく》らみのある袖と、少し高い位置に設けられた腰。こういうデザインのドレスはあまり見たことがない。

不可思議に思いつつも、ニーナの意識は別のところに向いていた。スカートの裾と袖の余りかたがナイトドレスとよく似ていることだ。たぶん二着の持ち主は同じなのだろうが、一体どんな女性なのかと妙に気になってしまう。

前を歩いていたサンドラを呼び止め、ニーナは声を潜《ひそ》めて尋《たず》ねる。

「やっぱりこの髪、おかしくないかしら？」

ニーナが気がかりにしていたのは、ドレスだけではなかった。

「いいえ。とてもお似合いです」

「そういうことではなくて……」

胸に垂《た》れた髪に触れて、ニーナは小さくため息をついた。

ドレスをきちんと着つけてくれたあと、サンドラは髪にブラシをあて、ドレスとよく合う青いリボンのヘッドドレスを載せただけでセットを完了してしまった。当然髪をまとめ上げてくれるものと思っていたニーナはきょとんとなった。

子供じゃないのだからきちんと結って欲しいとお願いしたが、サンドラは『ルーカスさまのご指示ですので』と聞いてくれなかった。彼女だって、令嬢は髪をまとめるものだということくらい知っているだろうに。

何度鏡で見ても、ふわふわと遊ぶくせのある髪はみっともなく思えたのだけれど、ルーカスが望んでいるのかと思えば気持ちが浮つく感じもして、どうにも複雑だった。

戸惑《とまど》いの表情で緩いくせのある髪の束を弄《もてあそ》んでいると、ふいに穏やかな音が聴こえてくる。

チェロの音色《ねいろ》だ。

耳に優しいなめらかな低音。聴くものを安心させる、たゆたう演奏。メロディーは何もかもを包んでそっととろけさせるほどに甘くて心地いい。

廊下の突きあたり、ドアの開放された部屋から音は聞こえてきていた。音に導かれるように、ニーナは開かれたドアに向かっていく。

辿《たど》り着いたその部屋こそがホールだった。高い天井《てんじょう》を持つ広間の中央で、ルーカスがチェロを弾いている。

ニーナは彼の姿に、一瞬にして心を奪われた。

遠目からでも仕立ての素晴らしさのわかる黒の三つ揃《ぞろ》えの衣装をまとったルーカスは、とてもリラックスした状態で目を閉じて、悠然《ゆうぜん》と弓を動かしている。彼が抱えているチェロは、従順な臣下のように規律正しく、ゆったりとしたおごそかな音を奏《かな》でていた。

なんて美しいのだろうと思った。

その音色も、演奏するルーカスも……。

チェロと一体となった彼の姿は実に流麗《りゅうれい》なものがあった。僅《わず》かに肩にかかる黒髪が揺れる様《さま》、弦《げん》を押さえる指先ひとつひとつに目を瞠《みは》らされる。佇《たたず》まいは凛《りん》としていて、畏怖《いふ》の念さえ抱かされる。その上人の心を虜《とりこ》にするような妖《あや》しさがあった。

画家ならきっとこぞって描きたいと思うだろうし、詩人ならあらゆる言葉を駆使《くし》して表現したくなるはずだ。

けれどどんな芸術にしようとも、今まさに生きて、しなやかに動く彼の姿には敵《かな》わないだろう。

うっとりとなって見つめていると、ふいにルーカスが演奏をやめてしまったので、ニーナは思わず惜《お》しむ声を洩《も》らした。

「身体は大丈夫か？」

こちらを向いたルーカスにいきなりそんなことを訊かれ、ニーナは途端現実に引き戻されて頬《ほお》を赤らめた。

「は、はい……その……大丈夫です」

俯きながら答えるニーナは、我知らず足を一歩後ろへ引く。

まだ少しけだるくはあるけれど、そんなことはどうでもよかった。今はただ、彼の傍《そば》にいることにそわそわしている。

「本当か？」

ルーカスはやおら立ち上がり、チェロを置いて近づいてくる。ニーナはまた一歩、後ろへ下がった。

「本当、です」

助けを求めてサンドラを探したが、廊下に彼女の姿はなかった。

「どうして逃げる？」

意地悪な声だ。表情はさほど変えていないが、間違いなくニーナの内心を悟り面白《おもしろ》がっている。悔《くや》しくは思うのだけれど、睨《にら》むことさえできない。そんなことをしたら、反対に彼の瞳《ひとみ》にとらえられてしまうのがわかっていた。

「あ、あの……」

ニーナは逃げ道を探して視線をうろつかせる。そしてかっこうの糸口を見つけた。

「が、楽器が、とてもたくさんあるんですね」

ニーナが示した先には、ところ狭《せま》しと楽器が並んでいる。ハープ、ティンパニ、ピアノと古めかしいチェンバロ。ヴァイオリンやクラリネットが入っているのであろうケースもいくつか目に入った。

「今すぐ演奏会が開けそう」

上擦《うわず》った声に、ルーカスが苦笑する。逃げたことを見透かされたのだろう。だが彼は、ふっと表情を緩めて言った。

「すべて、母が揃《そろ》えたものだ。母も音楽が好きだったからな」

彼の目は懐《なつ》かしむようでもあり、少し切なげでもあった。ニーナが気遣《きづか》わしげに首を傾《かし》げると、ルーカスは思わぬことを話しはじめた。

「十年前父が亡《な》くなり、兄が王として即位してから、母はここで暮らしていたんだ。兄の母、つまり前王の妃《きさき》に追いやられて」

追いやられたという言葉に、ニーナは衝撃《しょうげき》を隠せなかった。

前王の妃も現在の王と同じく、国民からの評判は悪かった。気に入らない臣下や貴族を容赦《ようしゃ》なく冷遇《れいぐう》し、逆に親しい貴族には宮殿で好き放題贅沢《ぜいたく》をさせた。ルーカスの父である前王がいなくなってから国の財政は明らかに逼迫《ひっぱく》した。すべて、前王の妃と現王の勝手な散財が原因だ。

けれども、ルーカスの母への仕打ちについて聞くのは初めてだった。

「母は第二夫人で、もともと王妃からは疎《うと》まれていた。それで父の死後力を得た王妃に宮殿を追い出されたんだ。私もまだ子供だったから何もできなかった。何もできないまま、母は五年前に亡くなった」

ルーカスの表情に影が射す。彼の気持ちなど、わかりようがなかった。悔恨《かいこん》も悲哀《ひあい》も、特に彼の孤独《こどく》は、ニーナの想像など絶する。

十二年前、立派な王になると笑顔で誓ってくれた少年は、厳《きび》しく、そして寂《さび》しい道を歩んでいた。ニーナよりふたつ年上といっても彼はまだまだ若いのに、たくさん辛《つら》い思いをしてきたのだ。ニーナの知らないところで。そう思うと胸が張り裂《さ》けそうになる。

何も言えず、ニーナは寄る辺《べ》ない表情で楽器を見つめた。どれも美しく磨かれていて、丁寧《ていねい》に扱われているのがよくわかる。彼の、母親への思いが痛いほど伝わってきた。

「歌ってみろ、ニーナ」

黙り込んでいると、突然ルーカスがそう言った。そしてピアノを弾きはじめるので、ニーナは目をぱちくりさせた。

「この曲は知っているだろう?」

有名な曲目だったからもちろんニーナも知っていたし、好きな曲でもあったが、心の準備ができていない。

いつもなら心構えなどせずとも歌えるが、ルーカスの傍で、まして彼の伴奏では緊張してしまい、とてもまともに歌える気がしなかった。

だが着実に歌い出しが近づいてくる。ニーナは胸に手をあて息を吸い、思いきって歌いはじめた。

うきうきとするようなメロディーの、春の訪れを喜ぶ歌だ。明るく歌ったほうがいい。

スタッカートの部分は楽しげに弾《はず》ませ、フェルマータのところは優しく伸びやかに。できるだけ丸みのある声を意識して、なるべく遠くまで響かせる。

このホールに、春を呼ぶように。

何よりルーカスの心を、少しでも温《あたた》められるように。

そうやってどうにか歌い終えると、後奏を弾きながらルーカスは満足げな顔をしていた。余《よ》韻《いん》を楽しむようにゆっくりと鍵盤《けんばん》から長い指を離し、しみじみと言う。

「やはり素晴らしいソプラノだ」

彼の言葉に、ほっと胸を撫《な》で下ろした。だがその直後、立ち上がったルーカスに素早く腰を抱き寄せられてびっくりする。

「随分《ずいぶん》緊張していたがな」

驚くニーナの耳に、低い声が吹き込まれた。思わず肩がびくりと跳《は》ね上がり、あっという間に顔が赤らむ。

「お、おやめ、ください」

「何をだ？」

彼はニーナの顎《あご》をとらえる。息がかかりそうな距離から見つめられ、ニーナは迷子になった子猫のような心細い表情になった。

「あ、あの……」

男性に触れられること自体はワルツで何度か経験済みだが、彼は特別だ。昨夜のことがどうしても頭を過《よ》ぎって、参ってしまう。

「こちらを見ろ」

命じられ、おずおずと視線を合わせた。

金色の瞳が、じっと見つめてきている。呼吸ができなくなるほど、どきどきしていた。一度彼の瞳にとらえられると、たちまち魅入《みい》られ、吸い込まれそうになる。

「昼のドレスはつまらないな」

ルーカスが、ニーナの喉元《のどもと》に手を伸ばしてきた。フリルのついた立て襟の上から触れられただけで、背筋がぞくりとなる。

さらに手が胸元に下りてきそうになったので、ニーナは思わず身を捩《よじ》った。ドレスの裾が翻《ひるがえ》って床を撫《な》でる。

「いやです。こんな……」

ニーナは身を守ろうとして腕を組んだ。

「昨夜は悦《よろこ》んでいたくせに」

ルーカスは、背に流れたニーナの髪を手に取りながらそんなことを言った。弱らされたニーナは唇《くちびる》を噛《か》む。

「……悦んでなど」

「嘘《うそ》をつくな。散々いい歌声を響《ひび》かせていたじゃないか」

頑《かたく》なな身体《からだ》を背後から抱き締められれば、不覚にも吐息を洩らしそうになる。ニーナは眉《まゆ》を寄せた。もう昨夜のような醜態《しゅうたい》を晒《さら》したくない。

あんなのはいやだった。恥ずかしくて、わけがわからなくなって……。

なのに考えると、どうしても身体が火照《ほて》ってきてしまう。勝手な反応ばかりみせる自分の身体が恨《うら》めしい。

「ニーナ」

こめかみにキスをして、彼は甘さを含《ふく》ませた声で名を呼んでくる。ただそれだけで、心がとかされそうになる。

身体も心も、メレンゲ菓子のようにもろくなってしまっていた。容易《たやす》く崩《くず》れて、儚《はかな》くとろける。

そして彼の手のなかで惑《まど》わされるのだ。

「どうして、こんなことをなさるんですか……？」

じわりと涙が浮かんでくる。

「何も考えなくていい。おまえはただ、私に身を任せていろ」

スカートの上から、彼はニーナの腰を撫で擦る。スカートは二重で生地も厚手なのに、昨夜直接そこに触れられた感触が甦《よみがえ》って、ドレスに隠された肌が粟《あわ》だってしまう。

髪を搔《か》き上げ、今度は耳にくちづけられる。続けて、濡《ぬ》れた感触が耳を這《は》った。

「んふっ……でも……」

きっと無駄だとわかりながらも、彼の腕から逃れようともがく。

「でも、なんだ?」

ニーナは身じろぎ続けながら、ドアのほうを見た。ドアは、今も開け放たれたまま。先に続く廊下が丸見えだ。

「だ、誰が来るともわかりませんし」

「心配するな。使用人は私が呼ばない限り勝手に来ることはない」

そう言われ、ふいに心にひっかかっていたことを思い出す。

「……使用人じゃなければ、来られるのではありませんか?」

ルーカスが動きを止め、くるりとニーナの身体を反転させた。

「使用人じゃないって、誰のことだ?」

訝《いぶか》しげに眉を顰《ひそ》め、顔を覗き込んでくる。視線から逃れようと目を伏せると、床についたドレスの裾が目に入る。自分のものではない、見知らぬ誰かのドレスの……。

「どなたか、いらっしゃるんでしょう？」

おずおずと尋ねると、相手はなおさら怪訝《けげん》な声を出した。

「誰のことだ？」

ナイトドレスの違和感に気づいた時の、はっとした感じと、正体不明の居心地の悪さが舞い戻ってくる。

脈拍《みゃくはく》が速くなっていた。

「……この、ドレスの持ち主の方です」

「ドレス？」

「私のように、ルーカスさまに助けられた女性が他にいらっしゃるのでしょう？」

率直に問うと、ルーカスは唖然《あぜん》となった。しかししばし考えたのち、彼はふっと噴《ふ》き出した。

そして、なぜ笑われるのかわからず困惑《こんわく》するニーナに向かって、予想外のことを言ってきた。

「そのドレスは母のものだ」

ニーナはぽかんとなってしまう。

「お母、さまの？」

問い返す声が裏返った。

「そうだ。母がここに住んでいたことはさっき話しただろう？」

こくりと頷く。確かに聞いた。だけどルーカスの母をドレスと繋げて考えることなどできなかった。

「私もよくは知らないが、この城にあるということは母が若い頃着ていたもののはずだ。他にドレスを着るような女性は誰ひとり足を踏み入れたことがないからな」

改めてドレスを見てみる。よくよく考えてみれば、肩の下の膨らみや腰の高さは、昔流行したデザインだ。母の衣裳《いしょう》部屋でかたちのよく似たドレスを見たことさえあったのに、どうして気づかなかったのだろう？

「では、私の他に誰かがいらっしゃるわけでは……」

「ああ、この城にいるのは使用人と、私とおまえだけだ」

「そう……なのですか」

無意識にほっと息を洩らすと、ルーカスが僅かに片方の口角を上げた。何かいやな予感がする。

「安心したか？」

「え？」

目をぱちくりさせると、相手は髪を撫でてきた。

「自分以外の令嬢がいないとわかって、安堵《あんど》したのだろう？」

「安堵、ですか？」

首を傾《かし》げたが、確かに先ほどニーナは胸を撫で下ろした。その理由を考えようとしていると、ルーカスがとんでもないことを口にする。

「昨夜のような営みを、おまえとは別の誰かと私がすると想像してみろ」

「なっ……」

必死に忘れようとしている恥ずかしい行為がはっきりと浮かんでしまい、瞬時に頭のなかが沸騰《ふっとう》した。

「なんてことおっしゃるんですか⁉」

「どうしてそんなにうろたえるんだ？」

金色の瞳が愉《たの》しそうに眇《すが》められる。意地悪な表情なのに、どきっとさせられてしまうからなおさら当惑する。

「なぜ、ルーカスさまは私を困らせるようなことばかりおっしゃるんですか？　昔はあんなにお優しかったのに」

顔を背《そむ》けると、すぐに顎をとらえて戻される。そしていきなり唇を押しあてられた。

「んっ……もぅ……」

抗議の声さえ奪って、彼は唇のあわいに舌先を差し込んでくる。そしてニーナの柔《やわ》らかな唇の感触を味わうようにゆっくりと舐《な》めた。

キスの合間にも甘ったるい吐息が洩れるのが恥ずかしくて、ニーナは唇を閉じようとして顎を震わせる。

「もう子供じゃないだろう？　私も、おまえも」

彼は無遠慮に胸に触れてくる。ニーナは両腕を突っ張らせて、彼の胸を押しやった。

だがいくら抵抗しても、相手は眉さえ動かさず泰然《たいぜん》としている。昨夜からずっとそうだ。ルーカスひとりだけ余裕があって、一方的にからかったり、苛《いじ》めたりしてくる。今さらながら悔しくなってきた。

むくれた顔で押し黙っていると、ルーカスがおもむろに一歩後ろへ下がった。どうしたのかと訝《いぶか》って背けていた顔を向けると、彼はなぜか腕を差し出してきていた。

「ではダンスからはじめよう」

意味がわからず戸惑うと、彼は傲然《ごうぜん》たる態度でのたまう。

「おまえのためにちゃんと段階を踏んでやる。男女の関係はダンスからはじまるのが社交界の常だろう？」

「そ、それは……」

「ああ。音楽がいるな。ステファンを呼んで何か演奏させよう」

ニーナは呼び鈴を鳴らしに行こうとするルーカスの袖を摑《つか》んで引き止める。訝しげな顔で振り返った彼に、ためらいがちに告げた。

「私、ダンスは苦手なんです」

「苦手？」

顔を顰《しか》められ、決まりの悪さを感じる。実際それは、子爵《ししゃく》令嬢として恥ずべきことだった。

ニーナ自身、劣等感を持っているからどうしても項垂《うなだ》れてしまう。

「あまり、上手じゃなくて……」

もっと率直に言えば、下手だ。

踊りの途中男性の足を踏んづけてしまうことも少なくなく、神経を使いすぎるから一曲踊るだけでどっと疲れる。

相手がルーカスだと、間違いなくなおさら緊張する。彼の足を踏むなんて無礼は絶対できないし……。

無様《ぶざま》なところを見せたくない。

けれど相手はあくまで強引だった。

「だったら教えてやる」

「でも……」

ニーナはさらに強く袖を握っていやがり、相手を苦笑させた。

「とりあえず、ステファンを呼ぶのはやめよう」

宥《なだ》めるように言われると、いっそう己《おのれ》の不甲斐《ふがい》なさが思い知らされる気がして落ち込んでしまう。

「大丈夫。私を信じろ」

自信に満ちた声だった。不思議と信じたくなる。そういえば、昨夜彼の声に背中を押され、馬に乗れたのだったと思い出した。

ためらいがちに顔を上げると、そっと手を握られる。

「ふたりきりでレッスンだ」

ルーカスはニーナの手を取ったまま歩き出した。連れていかれたのは、ホールの隅《すみ》だ。

そこには、両手でどうにか持ち上げられるほどの大きさの箱がいくつか置かれていた。彫刻がなされていたり、絵が描かれていたりする横長の箱は、すべてオルゴールだった。

ルーカスはひとつの箱を選んで蓋《ふた》を開ける。眩《まぶ》しいほどの金色に輝くシリンダーが現れ、ニーナはその美しさにため息をついた。

ガラス製の内蓋を開け、ルーカスが左側の巻き上げレバーを数回引き上げる。ギコギコといる。

外蓋の内側に貼《は》られた曲目の書かれたカードを確認する前に、ルーカスがスイッチを操作する音を聞くとわくわくする。ニーナはオルゴールが大好きだった。

流れだしたメロディーに、ニーナは目を瞠った。

「この曲……」

楽器演奏では出せない、高く愛らしい音が連なって奏ではじめたのは、子供の頃彼に歌った優しいワルツだった。

「さあ、踊ろう」

ルーカスが再び腕を差し出してくる。内心まだ躊躇《ちゅうちょ》はあったが、ニーナは彼の腕を取って軽く膝《ひざ》を曲げた。すると、胸を反《そ》らしたルーカスが満足げに頷《うなず》く。

「本当に、下手なんですから」

言いながら、ホールドの姿勢に入る。背中にルーカスの手を感じて、一気に神経が張りつめる。社交の場ではないから、彼は手袋をしてない。それはニーナも同じだった。だから取り合った手も互いに素肌だ。

緊張が増して、顔が引き攣《つ》る。彼の肩に置いた手も小刻みに震えていた。それを意識すればするほど全身が熱くなって、すぐさま逃げ出したくなった。

「リラックスしろ」

と言われても無理だ。泣きそうな顔になっておずおずとルーカスを見上げると、彼は少し考えてから思わぬ提案をしてきた。

「私だと思わなければいい。目を瞑《つむ》ってみろ」

「目を……?」

ルーカスが頷くので、ニーナは不可思議に思いながらも言われたとおり瞼《まぶた》を落とした。

「ステップはわかるんだろう?」

首を縦《たて》に振る。すると彼が姿勢を正す気配を感じ、ニーナも倣《なら》って背を伸ばした。本当にこれでうまくいくのだろうか? 自信はなかったが、ともかく頭のなかでステップの順序を復習する。

「スリーツーワンではじめよう」

了承《りょうしょう》すると、ルーカスがオルゴールのメロディーに合わせてスタートの合図をした。

身体を後方へ送り出す。まずはナチュラルターン。少しぎこちなかったが、彼の足もドレスの裾も踏んづけずにステップが踏めた。まずまずの出だしだ。

ある程度うまく滑り出せたおかげで、足の運びは徐々《じょじょ》にスムーズになっていく。苦手だからこそ人一倍練習してきたおかげで、ステップ自体はきっちり頭に入っている。

最初は緊張して聴く余裕のなかったオルゴールのメロディーも、はっきり聴こえるようになっていた。身体の動きも、それにきちんと合っている。

一安心して、ニーナはふと気づいた。ルーカスは相当にダンスが巧《たく》みだ。彼のリードがしっかりしているおかげで、目を閉じているにもかかわらず回転方向の変更もすんなりとできた。優雅なステップに伴って、スカートの裾がふわりふわりと快《こころよ》さげに舞うのが感じられる。

ニーナはだんだん楽しくなってきた。オルゴールの音が可愛らしいのもあって、目を瞑っていると自分がおとぎ話めいた歌の世界のなかにいるような気がした。

大きな満月からきらきらとこぼれる光を浴びながら、星屑《ほしくず》を集めて作ったドレスを身にまとい、くるくると踊っている。その周りには息を呑《の》むほど美しい真っ白な花々。薫《かお》り高く咲き誇り、月光のもとで輝いている。

「私が白い色をしているのはあなたによく見えるように。夜の暗闇のなかでもあなたに見つけてもらえるように」

「久しぶりに聴くな」

ふいにルーカスの声が聞こえて、ニーナははっとなった。気づけば無意識に歌をくちずさんでいた。

「やっぱりこの曲のことも覚えて……」

顔を赤くしながら呟くと、ダンスを続ける彼は頬にくちづけてきた。彼がこの曲のオルゴールを選んだのは、やはり偶然ではなかったらしい。

「もちろんだ。もっと聴かせてくれ。おまえの歌を聴くと心が癒《いや》される」

しみじみとした言葉は、ニーナにとって思いがけないものだった。

「本当に？」

「なぜ疑う？　子供の頃にも言っただろう？　おまえの歌声は何より素晴らしい」

ルーカスが優しげな目を向けてくるので、心がじんとなった。全身が穏やかで明るい喜びに包まれていく。

自分の歌が、彼の役に立つと言われて嬉《うれ》しかった。それは、少女の時以上の浮き立つ思いだ。

ニーナはそっと息を吸い込んだ。オルゴールのメロディーを追いながら、歌詞を思い浮かべる。

白い花の月への想《おも》い。子供の頃より意味がわかるようになっているから、よりロマンティックに歌える気がする。

たゆたうように、甘くとろけるようにと心がける。しっとりと歌いながら、軽やかに足を運んでくるりとターンする。

「なんだか、とても楽しいです。自分がこんな風に踊れるなんて思いませんでした」

弾んだ声で告げると、ルーカスが高慢《こうまん》な言葉を放つ。

「私がリードしているのだから、巧く踊れて当然だ」

「そうですね」

ちょっと笑いはしたが、そのとおりなのだろうと思った。彼に身を任せていると、とてもしなやかに動ける。歌をうたってしまう余裕さえ生まれ、快い気分だった。それこそ、輝くばかりの月光を受けているみたいに。

「私もおまえの歌が聴けて満足だ。先ほどよりうまく歌えていた」

「そう、ですか？」

ニーナは面映くなって俯いた。だけども明らかに心ははしゃいでいた。

「しかし、ずっと目を瞑っていられるのはつまらないな」

「だって……」

今日を開ければ端正に整った彼の顔が、ニーナの心を揺さぶる琥珀《こはく》の瞳が間近にあるのだ。またどぎまぎしてしまうに決まっている。

「まあ、徐々に慣れていけばいい。これから毎日一緒なんだ」

彼の言葉に、ニーナは今しがた開けるまいと思った目を見開いた。すると、なぜかルーカスのほうが目を逸《そ》らした。

「悪いが、しばらくはここにいてもらう」

そう言われて、ニーナは自分の今後についてちっとも考えていなかったことに気づかされた。

いろいろありすぎて、先のことに思いを馳《は》せる余裕がなかったのだ。

「私、攫《さら》われそうになったんだった……」

呟くと、ルーカスが眉間《みけん》に皺《しわ》を刻《きざ》んだ。

「なるべく早く家に戻してやれるようにするが、今帰るのは危険だ」

責任を感じているような口調にどう返していいかわからず、ニーナは黙り込んだ。

「おまえの両親には、秘密裏に連絡をしておくからその点は安心しろ」

「はい、ありがとうございます」

礼を述《の》べながらも気持ちは沈《しず》む。ルーカスに迷惑をかけてばかりで忍びなかった。

もしかしたら、自分がこの城にいることそのものが彼の負担になっているのではないか？

そんな考えが頭を過ぎって、ますます心は暗いほうへ傾《かたむ》いた。

先ほどまで楽しかったダンスが、途端味気なくなる。

「大丈夫だ。私の傍にいる限り安全だ。まさか私がおまえを連れ去ったとも思わないだろう。

馬車の連中も顔を隠して襲《おそ》ったし」

別のことで気を揉《も》んでいるとも言えず、ニーナは静かに頷いた。

「ただ、おまえに逃げられたと知って相当腹を立てているだろうからな。きっと必死になっておまえを探させているはずだ。しばらくはおとなしくしておけ」

忌々《いまいま》しげなルーカスの口ぶりは、まるで犯人を知っているかのようだった。事件についてずっと調べていたと言っていたから、もしかしたら目星がついているのかもしれない。

しかし犯人が誰かということ以上に、ルーカスは一体どうするつもりなのかということのほうが気になった。考えるとなんだか怖くなる。誘拐事件を終わらせるなんて、きっと危険のなかに飛び込む行為だ。

「ルーカスさま……」

心細さから呼びかけると、相手ははっとしてニーナの手を強く握ってきた。

「安心しろ。私が必ず解決する」

それが心配なのだとは言えなかった。彼の表情は凜々《りり》しく、目には決意が表れている。宿敵に立ち向かう騎士のようだ。

「私にも何かできることがあればいいのに……」

せめて力になりたかった。だが非力なニーナにできることなど思いつかずに項垂《うなだ》れる。すると、ルーカスがはっきりと命じてきた。

「おまえは、私のために歌をうたえばいい」

顔を上げると、彼は真っ直ぐに見つめてくる。

「私の傍で歌っていろ、ニーナ」

いつになく真剣で強い眼差《まなざ》しに見えた。何度も感じさせられた胸の高鳴りとはまた違う、甘く切ないようなさざめきを心の奥に感じた。

彼に求められるのが嬉しかった。

「ルーカスさまが、お望みなら」

従順に答えると、相手はふわりと微笑んだ。あまりに魅力的な面差しだったのでつい見惚《みと》れてしまう。

ルーカスは不思議な人だ。心配や不安を、簡単にさらっていってしまう。彼のきりりとした声を聴けば心強く感じるし、優しい表情を向けられると希望が湧《わ》く。

だけどもそんな温かな気持ちは、あっさりと掻き消される。

「私が最も望む歌は、昨夜のような甘くていやらしい歌だが、いいのか？」

唆《そそのか》すような瞳を向けられ、たじろいだニーナのステップはたちどころに乱れた。

「あっ！」

ルーカスの足を踏んづけてしまい、慌《あわ》てて足を退けたものの、今度はバランスを崩《くず》す。ルーカスが腕に力を込め、ニーナの傾《かし》いだ身体をしっかりと支えた。

「……ごめんなさい」

「まったく可愛いものだ。言葉だけで感じてしまうとはな」

「そうでは――んっ」

動揺しただけだと言おうとした唇を塞《ふさ》がれ、ニーナは大きく身じろいだ。

「なんだ？　ダンスの次はキスだろう？」

彼が段階を踏むと言っていたことを思い出したが、

「そんな――」

「違うのか？　だったらダンスのあとはどうするんだ？」

金色の瞳に見据えられ、ニーナは黙り込んだ。

舞踏会《ぶとうかい》でも毎回早々にダンスの輪から抜けてしまうため、男女がどうやって仲を深めていくのか知らなかった。己《おのれ》の無知に恥じ入って俯いていると、ルーカスはその顎をとらえて再びくちづけてくる。

角度を変えながら、感触を楽しむように軽く吸いついては舌先でくすぐられる。

くちづけは徐々に下りていった。顎から喉、そして胸へ。

「あっ、やっ……」

コルセットをしていているのに生々《なまなま》しい感触を覚えた気がして、つい声が洩れた。昨夜の記憶が一気に甦《よみがえ》る。

「おまえの身体は覚えがいいな」

見透かしたようなことを言って、ルーカスは腰や尻《しり》の横を撫でてくる。そしてスカートの裾を摑《つか》んで上げた。

「だ、めです」

スカートを捲《めく》られて、ニーナはあたふたとなる。

「昨夜はあんなによさそうにしていたのに？」

耳元で低く囁《ささや》かれ、身体が勝手に弾んでしまう。すでに目元や耳まで赤く染まっているのが自分でもわかった。

「あ、んっ……」

ルーカスはその耳たぶを唇で挟んで、悪戯《いたずら》をするみたいに舌先でつついてくる。

「そうだ。そういう声が聴きたい」

胸の奥底を撫でるような声を響かせて、彼はねっとりと耳に愛撫《あいぶ》をほどこしてきた。そうしながら、両手で徐々にスカートをたくし上げていく。

「んっ……あ、ぅ……」

複雑な耳のかたちを辿るように舌が這い回り、意識せずとも彼の要求どおりの声が次々にこぼれた。意志に背いて火を灯《とも》すわが身が憎らしい。

昨夜の行為がちらつく。またあんな風になってしまうのだろうか？

「どう、して……もう……」

戸惑う言葉にさえ、甘い吐息がまとわりついていた。

ルーカスがドレスの留め具を外していく。

「だ、め……こんな、の……」

「だったらどんなのがいい？　ドレスは着たままがいいのか？」

ニーナは大きく頭を振って否定する。するとルーカスは「だったら脱がしてやろう」と言って、ニーナの身体からドレスを剝《は》ぎ取ってしまう。どうしたって、彼の思うとおりになる。

「あ……」

ふと、傍にある窓の存在に気づいて、ニーナは怯《おび》えた猫みたいに身を縮《ちぢ》めた。

「ルーカスさま、ここは……」

彼はちらりと窓を見やって、僅《わず》かに口角を上げた。ニーナの髪飾りを取りながら、濃い琥珀の瞳でたぶらかそうとしてくる。

「ここは二階だから大丈夫だ。閉まっているから声も洩れない」

「でも……」

「じゃあ、背を向けてればいい」

彼は窓を後ろにするかたちでニーナを立たせたまま、背中に手を回してコルセットの紐《ひも》に指をかける。

「そういう問題じゃ……んっ」

抵抗しようとした瞬間、首筋に吸いつかれて言葉を失う。

ルーカスの唇は、くちづける音とともに鎖骨《さこつ》の辺りまで移動していく。そうしながら、彼はあっけなくコルセットを取り去ってしまった。

「昨夜あんなに濡らしたから、下着はつけていないかと思ったが」

彼はペチコートとシュミーズを一緒にたくし上げながら言った。

「……サンドラが、用意してくれました」

ニーナはルーカスの動きを精一杯邪魔《じゃま》しながら答えた。

サンドラの裁縫《さいほう》の腕前は相当なもので、複雑なドレスや特殊なコルセット以外は大抵《たいてい》なんでも作れるらしい。実際出来上がった下着類は丁寧《ていねい》な作りで、レースや刺繍《ししゅう》で装飾もなされていた。

彼女のおかげで恥をかかずに済んで助かったと安堵したのも束《つか》の間《ま》、身を隠してくれていたドロワーズにもルーカスは手を伸ばしてくる。

「いや……」

「気持ちいいことをするだけだ。昨夜のように可愛がって、たっぷりとあの場所を濡れさせて……」

ルーカスはシュミーズの肩紐をずらしながらそんなことを言った。蒸《む》し返されて恥じ入るニーナを他所《よそ》に、肩紐は容易に華奢《きゃしゃ》な肩から滑り落ちた。

「恥ずかしいんです、とても……」

「何が？　昼間なのがか？　それともドアが開いていることか？　窓が、傍にあることか？」

「な、何もかもです」

窺《うかが》うように上目遣《うわめづか》いで見ると、相手は愉《たの》しげに口角を上げる。

「それは結構なことだ」

彼は上着を脱ぎ捨てる。その光景に、やっぱりときめきを感じてしまう。

本当にこの身体はどうしてしまったのだろうかと思う。おかしいのは、身体だけではないような気もするけれど。

「おまえは恥ずかしいほうが感じるようだから」

そう言って貪《むさぼ》るようなキスをされる。

深いキスに呼吸を乱せば、今度は露《あらわ》になった肩に唇を押しあてられた。彼はちゅ、と音をたてキスをして、舌先で誘いをかけてくる。

「ん……や、ルーカスさま」

腋《わき》のほうへ唇を滑らせながら、彼はシュミーズの釦《ボタン》をひとつだけ外した。

「寒いか？」

肌《はだ》が粟立《あわだ》ったのを気取られる。暖炉のおかげでホールは適温に保たれている。寒さからのものではないことくらい、ルーカスだってわかっているはずだ。

そもそも寒がっていると思うなら、さらに脱がし続けるのはおかしい。

パサリと他愛もない音をたててペチコートが床に落ちる。続けて彼は、ドロワーズの紐をほどきにかかった。

——どうしよう。また私……。

「ルーカスさま、本当に、あの……」

彼の長い指は、器用に動いて紐をほどいてしまう。

いつの間にか、外は雨が降り出している。だから薄暗いはずなのに、窓から燦々《さんさん》と光が差し込んでいるような気がしてしかたがない。

「昨日だって、明かりは点《つ》いていただろう？」

彼はニーナの心を読み取ったみたいに指摘してきた。

「昨日も、恥ずかしかったんです」

ニーナは眉《まゆ》を顰《しか》める。

「ああ。そうだな。だからあんなに乱れたんだ」

彼は勝手に決めつけて、ドロワーズを落とされまいとするニーナの手を取り上げる。

ペチコートの上にドロワーズがかぶさる音の軽さが、はしたなく思える。

「靴を脱がせてやろう」

「い、いえ……」

逃げようとしたがすぐに捕まり、跪《ひざまず》いたルーカスに絹《きぬ》のブーツと靴下を脱がされる。

とうとうほっそりとした腿《もも》をようやく隠す丈《たけ》のシュミーズ一枚になってしまい、いたたまれずに背を丸めた。

「いい眺《なが》めだ」

見上げてくるルーカスは満足げに呟く。ニーナはどこを見ればいいかさえわからず、泣きそうな顔になった。

「お願い、ですから」

「なんだ？　なんのお願いだ？」

何もかもわかっているような顔をしてルーカスは立ち上がり、目元にキスをしてくる。そうやって慰《なぐさ》めるようなことをしながらも、手は胸に這わされていった。

昨夜と同じ。彼はニーナを優しく攻めたてていく。

シュミーズの釦をさらにいくつか外して、開いた胸元に彼は手を差し入れてくる。膨らみが包まれたかと思うと、すぐさま粒を探りあてて、指先が戯《たわむ》れてくる。その痺《しび》れにニーナは身を竦《すく》ませる。

「ひぅ……こういう、ことはっ……やめ……あぁんっ……」

やめて欲しいと伝える間さえ与えられない。彼の指はくにくにと蕾《つぼみ》を捏《こ》ねて、慎《つつ》ましくしていたそれを硬く尖《とが》らせていく。

「ほら、もうこんなに」

彼はシュミーズをずり下げ、胸を持ち上げて見せようとしてくる。当然ニーナは目を逸《そ》らした。

「色づいて、いやらしい」

ルーカスは、ニーナの身体を窓の横の壁に押しつけた。そして彼は身を屈めて、胸の先をいきなり口に含んだ。

「ああぁっ……やっ……」

蕾に舌先が触れて、全身が張りつめる。口腔《こうこう》で舐《な》めとかされて、ほだされていく。

――いけないのに、こんなこと。

「だ、め……ぇうっ……んっ、あっ」

彼は片手でニーナの身体を縫《ぬ》いとめながら、どんどん硬くなる粒を舐めずり続けた。

ぴちゅ、と音をたてて蕾が吸われ、ざらついた舌全体を使って転がされる。熱と、濡れた感触に追いたてられ、緊張と弛緩《しかん》が交互にやってくる。

「ルーカスさ、ま……いや……んんっ」

「声が掠《かす》れてきたな。甘さが増して、とてもいい。それにひどく儚《はかな》い」

嬉しげに言って、彼はぷくりと膨らんだ蕾を優しく噛んだ。微《かす》かな痛みが、なぜか快感を呼ぶ。ニーナは戸惑って身じろぎして、自分の身体の異変に気づく。

「うぅ……なんで……」

脚《あし》の間が湿っていた。昨夜のように、身体の奥から湧き出た蜜《みつ》が濡らしているのだ。それを思い知らされるのがいやで、微動《びどう》だにできなくなった。

ニーナがじっとしているのをいいことに、ルーカスはもう一方の蕾を手で弄《いじ》りはじめる。摘《つま》み上げられた突起《とっき》が左右に揺らされる。根元を小刻みに捏《こ》ねたりぴんと張った先をゆっくり押しつぶしたり。口と手でふたつの蕾を同時に刺激されて、燻《くすぶ》っていた熱が吹き上がりそうになる。

必死に意識しないようにしている恥ずかしい場所が、明らかにぐずりはじめていた。

「ルーカス、さま……あっ……」

無意識に脚をもぞつかせると花唇《かしん》が擦り合わさって、恥ずかしくぬるついた感触をニーナに教えてくる。

「もどかしいのか？」

ルーカスが脚の間に、膝を挟《はさ》み込んできた。それをゆるゆると探るように動かされ、堪《たま》らず腰が跳ねた。

彼は膝を押し上げて、ひくついてしかたのないところをぐりぐり抉《えぐ》る。

「はぁああっ……んっ……」

「また、昨夜のようにして欲しいか？　ニーナ」

含みのある熱っぽい瞳に見つめられ、いやでもあの行為が甦る。ニーナの身体はいっそう昂《たか》ぶってしまう。

「や、やだ……」

唇を嚙んで、襲ってくる快感をやり過ごそうとした。だが、彼の膝が動くたびに押しつぶされた花びらが前後に捏ねられ、ひっそりと息を潜めていたはずの芽までもがじんじんと痺れてくる。

いつの間にかシュミーズがたくし上げられ、彼のズボンのなめらかな布が、直接そこを擦り上げていた。

「ほら。こんなに汚して。まだ嘘をつくのか？」

「あ……いやぁ……」

いやらしい染みができてしまったズボンを見せられ、ニーナはうろたえた。

「ごめん、なさ……あっ……」

なおも膝で秘所をまさぐりながら、ルーカスが苦笑した。

「そんなことより、もっと素直になれ」

そう言われても困る。どうすればいいのかわからない。ニーナはただただ混乱の嵐に揉《も》まれるばかりだ。

痺れをきらしたように、ルーカスが花唇へと指を伸ばしてくる。

「まあいい。身体のほうは、随分《ずいぶん》正直だからな」

「は、うっ……やっ、それ触っちゃ……ぅう……」

すでに尖りつつある芽を押し上げるように嬲《なぶ》られる。ルーカスは花びらを押し広げながら、くるくると指を動かして小さな突起を煽《あお》りたてた。同時に胸の先も、まったく同じ仕草で愛撫される。

根元から弾き上げるようにされていたかと思えば、指で挟んで擦《こす》られる。上と下、ふたつの敏感な突起を一度に攻められて、頭の芯《しん》が焼けていく。

「ぁあ……だめ……なの、に……変に、なっちゃ……ぁうっ」

壁に背をつけた身体から力が抜け、今にも膝が折れてしまいそうだった。すっかり呂律《ろれつ》も怪《あや》しくなっている。

「昨日より感じているな。やはり、恥ずかしいのが好きなんだな」

ルーカスがちらりと窓を見る。覗《のぞ》かれる心配はないと言われたところで、すぐ傍に窓があるというのはどうしたって落ち着かない。

「も、やだ……ぅっ……つま、んじゃ、やだ、ぁ……」

「ん？　これか？」

彼は痛いほどに感じさせられている芽をからかうようにつついた。

「そうだな。こんなに濡らして、欲しがっているしな」

そう言って、彼は指を奥へ進めた。すっかりと濡れそぼった蜜口《みつくち》を抉《こ》じ開けて、指はなかへと入ってくる。

「ああ。やはりおまえの身体はよく覚えているな。私の指をほら」

昨日初めて彼を知った襞《ひだ》が、待ちわびてでもいたように彼の指をぎゅうぎゅうと締めつけるのがニーナにもわかった。だから眩暈《めまい》がしてしまう。

昨日以上に自分がわからない。

散々に翻弄《ほんろう》され、おかしくなってしまって……。ひどく混乱したし、乱れた自分を恥じ入りもした。

なのに、今だっていやだと思っているのに、また彼に囚《とら》われて意のままになっている。

ニーナは薄目を開けた。ぼやけた視界のなかでも、彼の瞳の輝きだけははっきりと見える気がした。

心の奥まで貫《つらぬ》く瞳。どうしてこの目を見つめてしまうのだろう？　だめだとわかっているのに……。

ルーカスが指を引き抜き、ニーナの片脚を抱える。乱されたシュミーズを半端に腰に残したまま脚を開くという恰好《かっこう》になって、羞恥《しゅうち》が極《きわ》まる。

どうしようどうしようと惑っているうちに、ぐっしょりと濡れてしまった場所へ覚えのある熱が押しあてられる。

「いや……」

昨夜自分を酩酊《めいてい》させたものだとわかって、ニーナは身を硬くした。またあんな風《ふう》に己を見失うのが怖い。

だけどなぜか気が昂ぶる。

「おまえのいやは信用できん」

彼は悠然《ゆうぜん》とした態度で、ズボンから取り出した自《みずか》らの欲望を、すでにとろけた花筒《はなづつ》に押し込んでくる。

「ひぁ……ぁあ……」

そこはやはり狭く、張り出した先端に粘膜《ねんまく》を押し開かれる感覚に表情が歪《ゆが》む。けれど昨夜ほどの強烈な引き攣《つ》れはなかった。たっぷりと潤んだ襞はこわばりながらも、太い幹を呑み込んでいく。

「おっき、いの……やだ……ああっ……んっ」

「そうだな。いやだと言いながら咥《くわ》え込むのが好きなんだな?」

ルーカスは、わななくニーナの腰をしっかりと摑んで、奥へ奥へと入ってくる。太いもので満たされていくのは息苦しい。だけど同時に身体の深いところが疼《うず》くのも感じていた。

ルーカスの言うとおり、気持ちと身体がばらばらだ。身体ばかりが先奔《ばし》り、気持ちが置いてけぼりになっておののいている。どちらが正しい自分なのか、もうニーナにもよくわからなかった。

「ほら、入った」

従順に彼のすべてを受け入れた時、ルーカスは耳元で囁《ささや》いてきた。耳にかかった吐息が熱くて、ぞくりとしたものが背中を駆け抜ける。

ニーナを貫くものの存在を誇示するように、ルーカスは前後に腰を揺さぶる。つられて内襞が収斂《しゅうれん》し、いやらしく彼に絡みつく。するとただでさえ滾《たぎ》っていたものが、なかでさらに育った。

「ぁんっ……も……大きく、しないで……」

逃げようとする腰をとらえられ、さらに下肢《かし》を密着させられる。そんなところがぴったりとくっついているのが、恥ずかしくてしかたがない。

「おまえが、締めつけてくるからだ」

「そんな……してな……のに……」

「している。おまえの口は嘘ばかり言う」

おしおきだと言わんばかりに、彼はニーナのなかで無遠慮に動いた。激しい摩擦《まさつ》に、思考が呑み込まれていく。

「あ、ぅ……ちがっ、う……の……」

本当に自分ではどうしようもないのだ。どうしようもなく、溺《おぼ》れてしまうのだ。噎《む》せ返るほど濃厚で、甘い花蜜のなかに。

立ったまま突き上げられ、地についているはずの片脚も浮いているような感じがした。背後に壁がなければ、とっくに倒れてしまっていただろう。ルーカスに支えられ、ルーカスに繋ぎとめられている。そう思うと、困ったことに胸が高鳴る。

「おまえの身体は、素直でいい子だ」

最奥《さいおう》を強く躙《にじ》るものを、内壁が必死になって締めつける。

「これが、よほどいとおしいらしい」

「んっ……ひうっ……ぁあ……」

ルーカスが腰を回して、なかを混ぜかえす。ぐちゅぐちゅと恥ずかしい音をたてながら、花洞が完全に支配されていく。ルーカスの思うまま、夢中にさせられてしまう。

ニーナは全身をひくひくさせながら啜《すす》り喘《あえ》いだ。

「もっと歌え、ニーナ」

一度引き抜かれた屹立《きつりつ》を改めて突き立てられて、辛《かろ》うじて地を踏んでいた膝ががくりと折れた。ニーナはルーカスに寄りかかる。

「いやっ……つよ、く……しな……いで……」

懇願《こんがん》は当然のように聞き流され、激しい律動がはじまる。抜き出される喪失感《そうしつかん》と貫かれる充溢感《じゅういつかん》が繰り返され、身も心も耽溺《たんでき》していく。

心臓が、今にも壊れてしまいそうなほどどくどくいっている。

ニーナはルーカスの背に腕を回し、手触りのいいベストを握り締める。

「……も、う……おかし、く……なる、の……」

耳元で濡れた声を聞かせると、ルーカスが満足そうなため息を洩らした。

「本当に、いい声だ……」

彼はニーナの脚を抱えなおして、下肢を強く押しつけてくる。快感に弱い奥がぐりぐりと捏ね上げられた。

「んんっ……あぁ……も……ぅあ……」

「ああ。そうだな……もう、達してしまいそうだな」

腰を支えていた腕を後ろへ滑らせて、ルーカスは両手でニーナの尻を掴んだ。そうして秘裂《ひれつ》をさらに開いた。満ち溢れた蜜が、膝に向かって流れ落ちていく。

「最後まで、たっぷり味わうといい」

ルーカスは一度離した腰を、いきなり強く打ちつけてくる。また引いては、穿《つが》たれる。捲り上げるように何度も襞を擦りぬかれて、一気に波が押し寄せる。

「ああっ……だめっ……え、う……」

貪《むさぼ》るような抽送に、身も心も征服される。

熱くてとろけそうな身体が、宙に浮くような感覚。ぶるぶると制御の利かない震えが大きくなって、ニーナは揺さぶられるがままルーカスに身を委《ゆだ》ねた。

第三章　ふたりの秘密の約束

城への滞在も半月を過ぎ、最北の地にも春がやってきていた。雪は、高い山の頂《いただき》を残してとけてしまったし、風にも春の匂《にお》いが混じりはじめていた。

生活にも随分《ずいぶん》と慣《な》れ、気づけばニーナの身の回りもすっかり整えられていた。

まずドレスが揃《そろ》った。ルーカスの母親のドレスを、サンドラが何着も手直ししてニーナの身体《からだ》にぴったりと合うようにしてくれた。その上彼女は、さまざまなものを作ってくれた。髪飾りや手袋、ドロワーズやナイトドレスまで。

髪飾りは、緩《ゆる》いくせのある髪を垂《た》らしたまままつけるのに相応《ふさわ》しいものばかりだ。これには多少の異論があったが、ルーカスの指示に忠実な彼女はそういった髪飾りをいくつも創作した。

ともあれ、彼女の作品は素晴らしい出来で、我ながら自分に似合うと思うものばかりだったので、結局ニーナも受け入れた。

今日も、まとめていない髪を黒いリボンとレースでできたヘッドドレスで飾っていた。リボンはなめらかなベルベットで、ドレスに使われているものに合わせている。

シルクの上品な光沢が目を喜《よろこ》ばせてくれる柔《やわ》らかな黄色のドレスには、ところどころ、黒のリボンで装飾がされていた。

たとえば重ねたレースで飾られた胸元や、袖《そで》の膨《ふく》らみの下、腰の両脇や後ろでたくし上げたオーバースカートにも。黒のベルベットが、淡いドレスの色を引き締める一方、ほんわりとした甘さを引き立たせてもいる。

同じように、黒の髪飾りはニーナのブロンドをより輝かせていた。

「そういう色も似合うんだな」

ふいに、隣を歩いていたルーカスに言われ、ニーナははにかんだ。

「ありがとうございます。でも、お母さまの服をこんなにいろいろ着てしまっていいんでしょうか？」

散歩用のドレスとして、歩きやすい長さに調節された裾《すそ》に目を落とす。

「構わない。まあ、本当なら仕立て屋を呼んで、新しいのを作ってやりたいんだが」

「いえ、そんな」

ニーナは急いで首を横に振る。謹慎《きんしん》中の彼が、令嬢を匿《かくま》っているなんてことが世間に知られたら大変なのだ。そもそも使用人が三人きりなのも、王の息のかかった人間を警戒《けいかい》してのことだと聞いている。たかだかドレスのために、外部から人を入れるなんて論外だ。

「毎日素敵なドレスを着せていただいて、感謝しています」

素直に告げると、相手も納得する。

「でもできれば――」

言いかけた時、強い風が吹いた。垂らした髪がふわっと舞い上がる。

「できれば髪はまとめたいのですが」

社交界に出るようになってから、寝る時以外はいつもまとめていたものだから、どうにもこの髪型には慣れない。

けれどルーカスは、風に煽《あお》られる髪を押さえるニーナを見て微笑《ほほえ》ましげな顔をするばかりだ。

「おまえはそうしているほうがいい」

ふいに彼が手を伸ばし、髪を撫《な》でてくる。ニーナは驚いて肩を跳《は》ねさせてしまい、相手を苦笑させる。

「いつまで経《た》ってもおまえは私に慣れないな」

「ルーカスさまが、そういうことをなさるからです」

顔を横向けると、腰を抱かれて慌《あわ》てる。

半月の間、何度もこうやって彼には苛《いじ》められた。だが、指摘されたとおりいまだに慣れず、すぐにあたふたとなってしまう。

「も、もう……」

「四六時中《しろくじちゅう》触れていれば慣れるのではないか？」

「おやめください。人に見られます」

ふたりが歩いているのは中庭だった。この城にはいくつか庭が設けられていたが、もともと要塞城《ようさいじょう》だったこともあり、どの庭にも華美《かび》な装飾はなされていないらしい。

それでも中庭だけは芝《しば》が手入れされ、原生していた木々や野生の花々をうまく生かしながら、新たに四季折々《おりおり》の花も植えられている。そうルーカスは教えてくれた。

中庭は、ルーカスの母のために当時いた園丁が作り上げたものらしい。それを、サンドラやステファンができる限り維持《いじ》しているという現状だ。

だから完璧には整っておらず、当然宮殿の大庭園のような豪華《ごうか》さはないが、当時の園丁の愛情と、サンドラやステファンの努力が伝わってくる。

そんな可愛《かわい》らしい庭がニーナは気に入っていて、朝の散歩は毎回中庭を選んだ。他の庭は門衛の目につく恐れがある、という理由もあったが。

「ルーカスさま、お放しください」

また風が吹いて、困惑《こんわく》するニーナの頬《ほお》を撫でる。風は春にしてはまだ冷たく感じるが、今はそれがありがたい。顔がひどく火照《ほて》っていた。

「本当に、もう……あ？」

まごまごしながらルーカスの腕から逃れようとしていたニーナの前を、突然小さくてすばしこいものが横切った。

「え？　栗鼠《りす》？」

ふわふわとした尻尾《しっぽ》といい、大きさといい、栗鼠にしか思えなかった。

ルーカスの顔を見上げると彼は腕の力を緩め、ニーナを解放した。ニーナは急いで赤茶色の生き物が潜り込んだアネモネの葉の陰《かげ》を探してみた。

だが栗鼠は見あたらない。辺りを見回して、木々にも隈《くま》なく目を走らせたが、栗鼠らしき姿はどこにもなかった。

「栗鼠は樹洞《じゆどう》に隠れると、教えてやっただろう？」

そう言って、ルーカスはブナの木に近づいていく。ニーナも追っていくと、木の裏を点検していた彼が手招きした。

ルーカスの目線の辺りに、穴が開いていた。小さな栗鼠が入るのにちょうどよさそうな大きさだ。

穴を覗《のぞ》こうとニーナが爪先《つまさき》立ちになった途端、ふわりと身体が浮き上がった。思わず「ひぁっ」と悲鳴を上げてしまう。

「な、何をなさるんですか」

ニーナはルーカスに横抱きにされていた。反射的に彼の首に腕を回してしまった自分に恥じ入ったが、外すとバランスを崩《くず》しそうで、どうしていいか迷う。

いきなり顔が近づいたことに面食《めんく》らっていた。

「こうしたほうが見やすいだろうと思ったが、おまえの声に驚いて奥へと引っ込んでしまったようだ」

彼が言うとおり樹洞は目の前に見えたが、栗鼠の姿は窺《うかが》えない。どうやら穴は随分《ずいぶん》深いらしい。

だけどももう、栗鼠どころではない。

「お、下ろしてください」

「そう言われると下ろしたくなくなる」

彼は顔を背《そむ》けるニーナの首筋に唇《くちびる》をあててくる。しなやかな黒髪が顎《あご》や首を撫でて、ニーナはひくっと肩を竦《すく》ませた。

「もう。どうしてそんな意地悪ばかりなさるんですか？　昔はあんなに——」

「お優しかったのに、か？」

ルーカスは呆《あき》れたようなため息をついた。

「おまえは子供の頃の私のほうがいいのか？」

ニーナをそっと降ろす彼は、いかにもつまらなさげだ。

「そんなことは……」

馬に乗らない庭園内の散歩といえどもルーカスはきちんとモーニングコートをまとっている。その姿は凛《りん》としていて、朝日を浴びて清らかに見える。

成長した彼は、何度見てもはっとさせられる美しさを持っている。少し触れられただけで胸が騒いでしまうのは、彼が大人だからこそだ。

けれどそんなことを口にはできない。なんだか、彼に対してどきどきしてしまう自分が恥《は》ずかしいのだ……。

「ルーカスさまが困るようなことばかりなさるから、つい……」

「おまえがいちいち可愛いのが悪い」

とても褒《ほ》め言葉とは思えぬ口ぶりだった。

「……ルーカスさまこそ、私を子供扱いなさってるんじゃありませんか？」

俯《うつむ》いて、肩から伸びた髪に触れる。この髪型を強要されていることが、まさに子供扱いに思える。

る。

「子供にあんなことはしないが？」

顔を覗き込んできた彼の瞳は、とても意味ありげに見えた。何が言いたいのかはすぐにわかる。

「もう、また……」

赤くなって目を逸《そ》らすと、ルーカスはふっと笑った。

「そういう顔をするから可愛いと言うんだ」

茶化されている気がして、さすがに少々むっとなる。ニーナはスカートの裾を翻《ひるがえ》して、ルーカスのもとを離れた。

「なぜ機嫌を損《そこ》ねる？」

簡単に腕を摑《つか》まれてしまい、ニーナは眉間《みけん》に不満の皺《しわ》を刻《きざ》んだ。

「私はおもちゃではありません」

ニーナにしては珍《めずら》しく毅然《きぜん》とした態度を取ったつもりだったが、悔《くや》しいことに相手はまた小さく笑った。

「わかっている。私ももうおもちゃを必要とする年齢ではない」

そう言いながら、目は微笑ましげに細められている。

城へ来てからの間、幾度《いくど》となくこういう目を向けられた。からかうような目、面白《おもしろ》がる目、そして含みのある、ニーナを落ち着かなくさせる目。

ニーナは彼に背を向けて黙り込む。

――ルーカスさまは一体、どう思ってらっしゃるのだろう？

彼に純潔《じゅんけつ》を捧げた事実は、半月経《た》ってもニーナには衝撃で、今でもぐるぐる考えずにいられない。だから些細《ささい》なことでどぎまぎしてしまうのに、ルーカスはいつも悠然《ゆうぜん》としていて涼しげだ。

自分に対する彼の気持ちがまったくわからない。というのも、同じ城に住んでいながら彼とゆっくり過ごす時間自体、実はあまりないのだ。

ルーカスは毎日忙しそうにしていた。彼は定期的に届く大量の本を読むことに多くの時間を割《さ》いている。分野を問わず集められた書籍を、彼はすべて読んでしまうという。加えて、剣術の鍛錬《たんれん》も欠かさずに行っているとサンドラが教えてくれた。

サンドラは言わなかったが、おそらく例の誘拐事件のことを調べるのにも、かなりの時間を費《つい》やしているはずだ。夜に姿を見かけないこともあった。

顔を合わせるのは、食事の時間以外にはニーナが歌の練習をしている間くらいだったが、ホールに現れた彼は黙って歌を聴いているか、身体に触れてきてニーナを困惑《こんわく》させるかだった。

だから、今朝散歩に誘ってくれた時はとても嬉《うれ》しかった。ふたりで穏《おだ》やかな時間を過ごせると思い込んでいたのだ。

せっかく、お天気だっていいのに……。そう思って、ニーナは真っ青に澄んだ空を見上げた。

「ニーナ？」

ルーカスが、背後から顔を覗き込もうとしてくる。一度は視線から逃れたが、彼が思わぬことを言ってきたので、ニーナは思わずルーカスのほうを向いた。

「秘密の場所へ行こうか、ニーナ」

「え？」

秘密の場所という言葉の響《ひび》きも、彼の悪戯《いたずら》っぽい表情も、子供めいていながら魅力的だった。だからつい、ニーナは拗《す》ねていたことも忘れて頷《うなず》いた。

するとルーカスは微笑んで、「ついて来い」と何食わぬ顔で歩き出す。ニーナは素直に彼のあとを追いかけた。

ふたりは中庭を囲む回廊《かいろう》へ向かい、庭へ来たとおりの道を辿《たど》って一旦《いったん》ルーカスの部屋へ戻る。

そして、例の本棚の前へ向かった。

彼が中段の本を抜き出すと、小さな取っ手が現れた。よく見れば、本だと思っていたそれはただの箱で、中身がない。

「ここに収まっているのは全部空箱《からばこ》だ」

そう言って、ルーカスは取っ手を使って本棚を手前に引く。確かに棚は見た目よりずっと軽そうに動いた。

石造りの、急な下り階段が現れる。

窓もない階段は昼間であっても暗い。だがルーカスに手を引かれながら進むニーナは、以前そこを歩いた時と違ってわくわくしていた。

階段をしばらく下りて、突きあたりのドアを開けて外へ出る。やはりそこは鬱蒼《うっそう》と茂った草に覆《おお》われていた。

「ここからは早足だ」

囁《ささや》く声にニーナは頷いて、片手でスカートの裾を持ち上げた。

足早に城壁の隙間《すきま》を抜ける。背の高い草木が目隠しになった抜け道は、昼間でも存在がわかり辛《づら》かった。

ふたりは森へ入っていく。城へ来た時、こんなところを通ったのかと感慨《かんがい》深くなる。森は両脇に大木が立ち並び、日差しを遮《さえぎ》られて薄暗い。道も狭く、左右から伸びた草で覆《おお》われてしまいそうになっている。とてもじゃないが馬車が走るのは不可能だ。

城を行き来するための広い道は、城の正面から伸びている。荒れ具合からいっても、この道を使うのはおそらくルーカスだけなのだろう。

ルーカスは、さらにその道さえ逸《そ》れ、明らかな獣道《けものみち》に足を踏み入れた。

「足場が悪いから気をつけろ」

何度もバランスを崩しかけてはルーカスに助けてもらいながら、辿り着いたのは驚くほど美しい泉だった。

ニーナは思わず感嘆《かんたん》の声を上げた。

古木に守られるようにしてひっそりと存在している泉は、緑とも、青とも呼べる鮮やかな色をしている。底がサファイアかエメラルドでできているのではないかと疑いたくなるほどの神々《こうごう》しさだ。

けれどはっきりと見える水底は、もちろん宝石などではなかった。湧《わ》き出る水の透明度を表すように、魚が数匹、気持ちよさそうに泳いでいるのがはっきりと見える。

うっとりとするほど神秘的な泉だった。

「ここが秘密の場所だ」

ルーカスは先ほど同様、やや幼《おさな》く見える表情を浮かべていた。なんだか、懐かしさを掻《か》きたてられる。

「とても、綺麗《きれい》です」

ニーナはため息をついて、しばらく泉に見惚《みと》れた。

柔らかな風が吹いて、水面《みなも》に模様を作る。泉のほとりで休んでいた白黒の小鳥が飛び立った。

「ハクセキレイだ」

ルーカスが鳥の名を教えてくれる。おのずと、幼かったあの口の光景が脳裏《のうり》に甦《よみがえ》った。この泉より宮殿の池は大きかったけれど、水辺の清らかな空気はよく似ている。

ルーカスと再びこんな時間が持てるなんて思ってもみなかった。ニーナはそっと彼の横顔を盗み見る。

静かに泉を見つめる彼からは、凜とした威厳《いげん》が感じられる。そういったものは、やはり彼が大人だから生まれるのだろうと思った。

「夏にはまた、違った魅力があるんだ」

ふいにこちらに顔を向けられ、ニーナは急いで前に向き直った。

「夏は、どんな感じなんですか？」

「輝く水面に濃い緑が映って、目を奪われる。方々に咲く山百合《やまゆり》も美しくて、佇《たたず》んでいるだけで心が洗われる」

思い出を辿りながら語っていたルーカスは、ふっと笑った。

「今年は見られるかどうか。いや、見られないほうが、いいんだけどな」

彼が何を言いたいのかは、ニーナにもわかった。ルーカスに言い渡されている謹慎期間は一年。残り一カ月と少しで終わることになっている。彼が無事に宮殿に帰ることを、ニーナも願ってはいるけれど……。

——そうしたら、私はどうなるのかしら？

胸がざわりと騒ぐのを感じた。

どうなるもこうなるも、彼と離れる以外ないのだろう……。

「ニーナ？」

ふいに呼びかけられ、いつの間にか俯いてしまっていたニーナははっと顔を起こした。

「すみません。ついぼうっとして。……あんまり、泉が綺麗なものだから」

言い訳めいたことを口にすると、ルーカスが身体ごとこちらを向く。

「手紙は、書いたのか？」

「あ。はい、まだ途中ですけど……」

数日前、両親へ手紙を書けとルーカスに言われた。城へ来た時と同じように、こっそりステファンが届けてくれるらしい。

ありがたく思って、早速《さっそく》手紙を書きはじめた。ルーカスに助けてもらったこと、城ではよくしてもらっていること、そして両親に早く会いたいということ。

それは本心だった。けれども、両親のもとへ帰るということは、ルーカスとのさよならを意味する。

本当に素直な気持ちを言ってしまうと、彼と別れるのは寂《さび》しい。

あんな恥ずかしいことをされて……。どんなに振り回され、混乱させられても、彼はやはり憧《あこが》れの人なのだ。

ニーナは複雑な心境だった。

謹慎がとけるまでもなく、誘拐事件が解決すればニーナは城にいる理由を失う。それがわかっているから心が揺れてしまう。

早く事件が解決して欲しいと願いながら、それを心のどこかで恐れてもいる。

いずれにせよ、近いうちに彼の謹慎がとけるだろうから、ずっとここにいられるわけじゃないのだけれど……。

「あの……事件の調べは、どうなっているんでしょうか？」

遠慮がちに尋《たず》ねると、ルーカスは神妙《しんみょう》な顔つきで言った。

「大きく前進はした」

その言葉に、ニーナは動揺してしまった。

「か、解決しそうということ、ですか？」

「いや……。まだ時間はかかるだろうな」

「そうですか……」

少しほっとしてしまった自分を嫌悪《けんお》する。犯人が捕まらなければ、悲劇は繰り返されるだろうし、みんな必死に捜査しているのだ。

そうだ。仮にルーカスがじっとしていても、今日にも憲兵隊《けんぺいたい》が犯人を捕まえる可能性だってあるのだ。

「憲兵隊のほうはどうなんでしょう」

ぽつりと洩《も》らした言葉に、ルーカスが苦い顔をした。そして、そのままこわばった不自然な笑みを見せる。

「彼らには無理だ」

「どうしてですか?」

純粋に、ニーナは首を傾《かし》げた。

捜査を主導している憲兵隊は長い歴史を持ち、王室の直属《ちょくぞく》ゆえに権限も強く、大変優秀だと聞いている。彼らに任せていれば、いずれはきちんと事件を解決してくれるはずだ。

だがルーカスは、ますます渋《しぶ》い顔をした。

「憲兵隊を動かす立場の人間が犯人だったら、事件は永遠に解決しない」

「そ、それって……」

ニーナはよろめいて、我知らず後退《あとずさ》りしていた。横たわった古木に足を取られそうになる。それを、ルーカスが食い止める。

頭に浮かんだことを、とても信じられなかった。信じたくなかった。

だが、ルーカスの金色の瞳は哀《かな》しげに揺れる。嘘だったらよかったのにとでも言いたげな、胸の痛くなる眼差《まなざ》しだ。

「事件の首謀者《しゅぼうしゃ》は兄だ。だから捕まらない。むしろ年々事件の頻度《ひんど》が増えている。今年はすでにふたり攫《さら》われている。おまえを入れれば三人だ。まだ四月だというのに……」

彼は非常に硬い声でそう言った。

「私が宮殿にいた頃から疑惑はあった。だから調べていたんだ。そうしたら謹慎になった。兄が私の動きを察知《さっち》してのことだろう」

ルーカスは、淡々と衝撃の事実を伝えてくる。それはまさに一国を揺るがすほどの驚愕《きょうがく》の話だ。

「だが私は探り続けて、先日、ついに証拠も摑《つか》んだ。だから間違いない」

ショックで全身から血の気が引いていく。ルーカスが支えてくれていなかったら、立っているのは困難《こんなん》だった。

確かに王は傲慢《ごうまん》だった。彼の政治がひとりよがりで民衆を苦しめていることも知っている。

だけどまさか令嬢を誘拐しているだなんて、あってはならない。

そんな恐ろしいこと……。

「ニーナ」

青ざめ、吹雪《ふぶき》のなかに放り出されたみたいに冷たくなった頬を、ルーカスの大きな手のひらが包んだ。彼の表情は硬い。痛みを我慢《がまん》しているような顔だ。

「ルーカスさま……」

彼は今までどれほど傷つき、苦しんできたのだろう？　王は、半分とはいえ血の繋がった兄なのだ。想像を絶する憂苦《ゆうく》だったに違いない。もう彼には両親もおらず、きっとひとりで重荷を抱えてきたのだろうと思うと、胸が張り裂《さ》けそうだった。

「私……なんと言ったらいいか……」

ルーカスは慰めるように小さく笑った。

「大丈夫だ。おまえは何も心配するな」

ニーナよりずっと辛《つら》い立場のはずなのに、彼はそう言って頷く。だから眉《まゆ》を顰《しか》めてしまう。

胸があまりに痛くて……。

「ほら」

彼は手を差し伸べてきた。

「向こう側から見る景色はまた格別だぞ」

元気づけようとしてくれているのがわかるから、ニーナは切なく思いつつも素直に彼の手を取った。

ふたりは手を繋いで、苔生《こけむ》した池の周囲を慎重に歩いていく。

横たわる古木を跨《また》ぎ、小さな花を踏《ふ》まぬよう注意しながらゆっくり進んで、様々な角度から泉を眺める。

泉の美しさは、心を少しずつ鎮《しず》めてくれる。

けれどルーカスは考え込んで、泉よりもっと遠くを見つめるような目をしていた。まるでそちらから、何かが迫ってでもいるように……。

「大丈夫ですか？」

心配して声をかけると、彼ははっとなって大丈夫だと答える。

しかしその声は、ひどくこわばっていた。

夜になって、寝支度を整えたニーナのもとへルーカスがやってきた。シャツとズボンという寛《くつろ》いだ恰好《かっこう》の彼は、だし抜けに「今夜から私の部屋で寝ろ」と言ってきた。

「でも……」

すでにナイトドレス一枚という無防備な姿になっていたこともあって、ニーナは戸惑《とまど》った。

「これは命令だ」

彼は強引にニーナを抱き上げ、部屋を出る。明かりの灯《とも》された廊下を進んで、彼の部屋へと向かっていく。

「あ、あの、自分で歩けます」

「そんなことは知っている」

だったらなぜこのように運ぶのかの説明はなかった。

部屋に入るなり、大きなベッドに寝かされる。そうしておいて、ルーカスはドアに鍵をかけにいく。

品のいい彫りもののされた重厚な天井《てんじょう》を見上げると、どうしたって初めて城へ来た夜が思い出された。

覆《おお》いかぶさってきたルーカスの姿や、ぐっしょりと濡《ぬ》らしてしまった上掛けの感触。ベッドが軋《きし》む音さえもまざまざと甦ってくる。

羞恥《しゅうち》を掻きたてられ、かーっと顔が紅潮する。

――このベッドで、私……。

ここでルーカスに純潔を捧げたのだと思うと、おとなしく横になってなどいられない。

身の置きどころに困って起き上がり、膝《ひざ》を抱えるニーナのもとに、ルーカスが戻ってくる。

「あの、私……」

ベッドに浅く腰かけてきた彼は、ふわりと背中に広がるブロンドの髪に触れてきた。ブラシをあてたばかりのふわふわと柔らかな髪の感触を楽しむように、指に絡《から》めて弄《もてあそ》びながら訊《き》いてくる。

「ここで寝るのは不満か?」

「そういう、わけでは……」

「では、私と寝るのがいやなのか?」

ルーカスは、得意の意地悪な眼差しで見つめてくる。瞬時に琥珀《こはく》が濃くなって、ニーナの胸をざわめかせる。

またああいうことをするために臥所《ふしど》を共にしろと言ってきたのだろうか? そう考えると緊張して、同時にどきどきしてしまう。

「私、やっぱり……」

ベッドを降りようとしたがすぐに押し倒され、いとも簡単に両手を拘束《こうそく》される。

「命令だと言っただろう?」

彼の瞳は、存外に真剣だった。いつもと少し雰囲気《ふんいき》が違う気がする。だからニーナもおとなしくなって、じっと彼を見上げた。

「ルーカスさま？」

彼は、昼間泉を眺めていた時と同じような表情をしていた。何か思っていることがありそうなのに、それを胸中《きようちゆう》にしまったままベッドに乗り上げてくる。

圧《の》しかかってきた彼は、いきなりぎゅっと身体を抱き締めてきた。

「子守唄《こもりうた》を聴かせてくれるか？」

「……え？」

予想外の言葉におろおろしていると唇が塞《ふさ》がれ、ナイトドレスの上から身体を探りはじめられる。

「んふっ……」

深く口づけられながら胸をやわやわと揉《も》み上げられた。

ルーカスはナイトドレスの裾を捲《めく》り上げ、まるで当然の流れのようにドロワーズの紐《ひも》に手をかける。

「……やっ、ん……だめ」

「おまえの言葉は信用できないからな」

耳元で囁きながら、彼は指先に引っかけたドロワーズの紐をこれみよがしにゆっくりとほどいた。

「う、歌は？」

「ああ。だから、私がいちばん好きな歌をうたわせようとしている」

「そんな……」

ドロワーズのふちに指がかかる。布と肌《はだ》の間に指が入り込む。

「いやっ……」

「肌を晒《さら》すのがまだ恥ずかしいのか」

おかしそうに笑われ、ニーナはルーカスの胸を押し上げようとした。だが彼の胸の逞《たくま》しさに妙にどきどきしてしまい、両手は甘えるみたいにシャツを握るだけとなった。

ドロワーズが引き摺《ず》り下ろされ、顔を横向ける。

秘所はナイトドレスで隠れてはいる。けれどもルーカスの視線を感じるといたたまれず、ニーナは脚《あし》を閉じ合わせた。

「もうすっかり覚えているんだろう？　どこに触れられれば気持ちいいか、どうされるところが濡れてくるか」

耳に吹き込まれたルーカスの言葉に煽《あお》られ、恥ずかしい場所がひくんと反応したのを感じた。

ルーカスは、たとえ肌に触れなくたって、言葉ひとつでニーナを昂《たか》ぶらせることができるのだ。

そして目線ひとつで縛りつける。

背《そむ》けた顔を彼のほうへ向かされ、金色の瞳に見下ろされたニーナは身体を震わせた。

このまま、また変になってしまうのかと思うと不安になる。だけど意に反して、身体の奥からとろりとした疼《うず》きが湧き上がってくる。

「あんな風《ふう》にして欲しいんじゃないのか？　あちこち触れられて、たっぷりと可愛がられるのを待っているんだろう？　ニーナ」

違うと否定したくても、煽られた身体ははしたなく熱をこもらせていた。

「もう、何もおっしゃらないでください」

泣きそうな顔になって訴《うった》えたのに、ルーカスには効果がなかった。むしろ彼は愉色《ゆしょく》を浮かべて、ニーナの耳元で悪魔の囁きを繰り返す。

「またよがってみせればいい。肌をいやらしい色に染めて、ほらここも」

ルーカスは、ナイトドレスの上から蕾《つぼみ》に触れてくる。

「みるみるうちに硬くなるな。賢《かしこ》い身体だ」

彼の言葉どおり。きゅっとしこってしまったそれを爪《つめ》で弾《はじ》かれ、やり場のない羞恥に身をくねらせた。

一度目より二度目、二度目より三度目と、身体が従順になっているのがわかる。彼の手で作り変えられていくようだ。

「可愛いな。もうすっかり尖《とが》ってしまった」

蕾を親指でくにくにと押しつぶすようにしながら、彼はニーナの耳たぶを口に含んで軽く吸った。かと思うと今度は耳の内がわを舐《な》められる。

「あ、あ……んっ……」

「いい声だ。もっと啼《な》いたらいい」

舌《した》は耳のなかにまで入ってきて、濡れた音を直接聞かせてくる。くちゅくちゅと卑猥《ひわい》な音が頭のなかに響いていた。

「やっ……ルーカスさまっ……んんっ」

「おまえはどこもかしこも敏感なんだな」

そう言って耳たぶに軽く歯を立てられる。小さな痛みに、感じ入った声が洩れてしまった。

ルーカスが顔を近づけてきて、キスをされる。唇をついばまれ舌でくすぐられ、ニーナはなす術《すべ》もなくただ吐息をこぼした。

唇のあわいに僅《わず》かな隙間《すきま》ができると、すぐにルーカスの舌が侵入してくる。ニーナの舌をからめとって、口に含んで舐めとかす。

ねっとりと愛撫《あいぶ》されると、すぐにいろいろなことが曖昧《あいまい》になっていく。

こんなことをしてはだめだとか、どうして彼はするのだろうかとか、考えなくてはならないことがすべてぼやけていってしまう。

彼の舌は上顎と歯の間を舐め上げる。そうされると腰に熱がわだかまって、ニーナはびくびくと全身を揺らした。

すでに何もかも知り尽くしたと言わんばかりに、彼の舌はニーナの口腔《こうこう》を思うままに蹂躙《じゅうりん》した。

そしてようやく唇が解放されたかと思えば、すぐに彼の唇はニーナの首筋に移る。透き通るほど白くて細い首を、味わうように彼の舌が這《は》う。時に甘く噛《か》んで、ちゅくりと音をたてて吸い上げられる。

「ふ、うっ……う……っあぁぁ……」

「そうだ。そうやって声を聴かせるんだ。いいな？　ニーナ」

ニーナは青い瞳を揺らがせるばかりだった。出そうとしなくても、声は出てしまうのだ。

ナイトドレスを脱がされかかって、反射的に身を隠そうとした。だがその腕は取り上げられ、手首にキスをされる。

「いつまでも新鮮な反応は可愛いが、少し効率が悪いな」

不穏《ふおん》な響きを含ませて言いながら、彼はナイトドレスの襟《えり》ぐりを飾るリボンを引き抜いた。

そしてドレスを脱がされる。

きっちりとしたドレスと違い、夜着《よぎ》はいとも簡単に取り払われてしまう。

「もうとけたはずの雪を、再び目にした気分だな。それも空から舞い落ちたばかりの処女雪だ」

本当に感動したようにため息をつきながら、ルーカスは露《あらわ》になったニーナの裸身《らしん》を眺めてくる。いたたまれず身を丸めるようにすると、両腕を捕まえられる。

「どうしてもいい子にしていられないようだな」

低い声音《こわね》に企《たくら》みを感じとった時にはもう遅かった。気づけばニーナの両手首は、垂れ下がる天蓋《てんがい》と絡《から》めてリボンで縛られていた。

「いい眺めだ。まるで薫《かお》り立つ百合のようで、ずっと飾っておきたくなる。自信を持って見せびらかしておけばいい」

そんなことを言われれば今すぐ隠したくなる。けれど手の自由を奪われては身動きもできない。まさか露になった脚をあられもなくじたばたさせるわけにもいかなかった。

「ルーカスさま、ほどいてください」

「暴れるなら脚も縛るぞ？　大きく開いたままのかたちで」

うっかり想像してしまい、ニーナは大きくたじろぐ。

「そんなの、いやです」

「だったら、おとなしくしていろ。もうわかっているだろう？　これからは気持ちよくなるだけだってことを。胸を撫で回されるのも、濡れそぼった花を弄《いじ》られるのも好きだろう？」

そんなことを言われると、悩ましい気分になってしまう。今まで与えられた快感を、身体が一気に思い出すのだ。

本当に、なんて身体だろう……。

ふいにルーカスがベッドを降りる。

どうするのかと思ってはらはらしていると、彼はなぜか乗馬用の短鞭《たんべん》を手に戻ってきた。革《かわ》を丁寧《ていねい》に編んで作られた深い鳶色《とびいろ》の鞭《むち》だ。

「今日はじっくり眺めてやろう」

そう言って、彼は鞭の柄《え》のほうをニーナに向け、それを胸へと近づける。

「な、にを……」

避けようとしても身を捩《よじ》るのが精一杯で、突起《とっき》のようになった柄の先が肌に触れるのを甘受《かんじゅ》するしかない。

柄の先は、胸の膨らみの柔らかな曲線をゆっくりと辿った。

「やっ、いやです……あうっ」

ルーカスはベッドの傍《かたわ》らに立ったまま、身を竦《すく》ませるニーナを眺めている。シャツとズボンだけとはいえ、きちんと服を着た彼に冷静な顔で観察されて、胸苦しい思いに苛《さいな》まれる。

「真っ白だったのに、はのかに赤くなってきた」

熱を灯した身体の上を、ねっとりと目線が這っていくのがいやというほどわかる。視線に晒された身体はさらに昂ぶって、実が熟《じゅく》すのと同じように、肌を染める朱《しゅ》を鮮やかなものにする。

「こんなの、もう……やめてください」

できる限り身を小さくして懇願《こんがん》するが、相手は目を眇《すが》めるばかりだ。濃厚な蜜《みつ》を含んだような瞳は、艶《つや》っぽく輝いている。

ルーカスは鞭をじわじわと動かす。それは肌の上を彷徨《さまよ》って、胸の頂《いただき》へと向かっていく。

「だ、だめ……ひぁっ……」

柄の先が、とうとう小さな蕾をつついた。革の編目が微《かす》かにひっかかって、ぷくりと尖りはじめた蕾に呼び水を与える。蕾は、あまりにも素直につんと尖っていく。

「やぁ……や、なの……」

「やめてほしいと言いながら、これはどういうことだ？」

柄の先でふたつの蕾を交互に擦《こす》られる。どちらともが、弾けてしまいそうなほどに膨らんでいた。それを仔細《しさい》に眺められる。

「こうやって見ると、なおさらこれが熟《う》れた様は淫《みだ》らだな」

鞭の先できゅっとしこって赤くなった粒を何度も撫で擦られるうち、ニーナは無意識に下肢《かし》をもぞつかせていた。

「焦《じ》れったいのか?」

指摘され、泣きそうになる。首を横に振ったものの、身体の奥が明らかに何かを求めていた。

「もっと強く弄って欲しいのか?」

「あ……やっ、やん……」

柄の先で胸の頂をぐりっと躙《にじ》られ、ニーナは思わず腰を浮かせた。

「なるほど。こちらが待ちきれないのか」

確信を持って言いながら、ルーカスは鞭をそろそろと動かす。鞭の柄が、柔らかく敏感な肌の上をくすぐりながら這っていく。

「ああ、やだ……」

鳩尾《みぞおち》から下腹へと滑る感触に息をつめた。鞭の行く先を理解して、ニーナは身を捻《ひね》る。

「やはり脚も縛っておくべきだったな」

彼は、閉じた腿《もも》の上で柄の先を行き来させる。淡く触れているだけの柄がこそばゆくて、しなやかな腿がわなないた。

「ルーカスさま、もう……苛《いじ》めないでください」

「可愛がっているだけだ」

柄の先は、内腿のほうへ移る。

「も、もう……あっ……」

腿の隙間に鞭が入り込んできた。脚の間に真っ直ぐに立てられた鞭が、徐々《じょじょ》に付け根のほうへと迫ってくる。

「やだっ……いや、です」

「ほら。ちゃんと脚を開いて見せてみろ」

「や、おやめください、お願いですから」

ルーカスはニーナの腰の下に枕を押し込んできた。そうして挟み込んだままの鞭を内腿の間で動かされる。

軽く撓《しな》りながら行き交う鞭にはさほど力が籠《こ》もっているわけではない。だけども執拗《しつよう》に腿から脚の付け根までを摩《さす》られるうちに、ニーナのほうが力を緩めていってしまった。

「そうやって、素直になればいい」

ルーカスが、鞭の柄の先をニーナの秘所にそっとあてがった。

「いや、いやです」

ニーナは目に涙を溜《た》めながら頭を振る。だが鞭はゆっくりと上下に動きながら、ぐりぐりと秘裂《ひれつ》を割っていく。

「ひ、ぅ……やだ……」

左右に開かれる花唇《かしん》は怯《おび》えているのか、悦《よろこ》んでいるのか、ひくんと小さな波を打つ。その様子をルーカスに熟視《じゅくし》され、ニーナはとうとう涙をこぼした。

「これ……いやな、の……」

「そうか？　そのわりに湿っているみたいだが？」

彼の言うとおり、鞭の先は恥ずかしいほどなめらかに動いていて、明らかに濡れた音もたっていた。だからこそ、やめて欲しいのだ。

上下だけでなく、左右にも動かされて、鞭によって潤《うる》んだ秘密を抉《こ》じ開けられていくのをまざまざと感じた。

「もしかして、別のものが欲しいのか？」

茶化すように言いながら、ルーカスは柄の先をじりじりと蜜口《みつくち》のなかへと捻《ね》じ込んでくる。

「ぁうっ……ふっ……や、やだぁ……」

突起のような先端部分がなかに入ってしまったのを感じて、どうしていいかわからなくなる。

枕のせいで無理やり上向かされた下肢に鞭が突き立てられた様を見下ろし、ルーカスが嬉しげに言う。

「そそる光景だな。おまえの濡れきって赤くなった花が、異物を咥《くわ》えて煩悶《はんもん》している」

鞭が、出し挿《い》れされる。柄の先で襞《ひだ》が擦られる。そのまま、鞭の先はニーナのなかで妖《あや》しくうごめき続けた。

「もう……本当に……それ……するの……やめっ、て……」

鞭に嬲《なぶ》られる姿を見られるのに我慢できなくなってしゃくり上げると、ようやくルーカスが鞭を引き抜いた。

「なるほど。やはり私が欲しいんだな」

彼はニーナの片脚を摑んで横に開く。その内腿に濡れた鞭の柄があてがわれる。

「可愛いな。よく見える」

「み、見ちゃ……いや……」

「いやだいやだと言っているわりに、胸の先もまだしこっているじゃないか」

指摘されて、ぷくりと膨らんだままの蕾を意識する。あたかもこちらにも触れて欲しいと言わんばかりだ。

「ひどく扇情《せんじょう》的な姿だ。おまえにも見せてやりたいな」

ルーカスは腰を屈めてさらに近づき、恥ずかしい箇所をまじまじと見つめてきた。

「や、やだっ、ルーカスさま、も、許して……」

「何をだ？　ああ。早く触って欲しいというおねだりか？　確かに、おまえのここはそう請《こ》い願っているように見えるな」

ルーカスの言葉を肯定《こうてい》するように潤みきった花びらがひくりと震え、内壁が収縮《しゅうしゅく》した。さらに奥からはとろとろと蜜が溢れて、いつかのように上掛けに染みができていた。

「指で掻き回して欲しいか？　それとも舌で嬲られたいのか？」

「いやっ、言わないで……」

ニーナは爪先を突っ張らせる。秘所が反応してしかたがなかった。言葉だけで熱くなって、身悶《みもだ》えする。

ルーカスのせいだ。彼のせいでおかしくなってしまった。そう思うのに、身体は彼を拒絶するどころか弛緩《しかん》して、大きく開かされた秘裂の奥からはまたこぽりと新たな蜜がこぼれ出るありさまだった。

ルーカスは鞭を手放し、すっかり濡れてしまった内腿に手を添えながらベッドに乗り上げてくる。

彼の指が、疼ききっている場所へ向かっていくのを感じて、ニーナの身体は切なげにわなないた。

「そんなに待ち焦《こ》がれていたのか？」

なおももったいぶりながら指は動く。恥丘《ちきゅう》の上を思わせぶりにそろそろと滑って、時間をかけて割れ目へと辿り着く。

じくじくとしていた花びらに指が触れた瞬間、ニーナの唇からは思わずあえかなため息が洩れた。

「私に触って欲しかったんだな、ニーナ」

満足げな声を出し、彼は花びらをぬちゅりと攻めたてた。焦《じ》らされていた分、強烈な悦《よろこ》びが全身を駆《か》け巡《めぐ》る。

指は大胆に動いて、花びらを掻き分けていく。蜜口の浅い部分を何度か撫でてから、それはなかへと入ってきた。

「こんなに熱くして」

「そんな……しら、な……」

「そうか？　じゃあ、自分で確かめてみろ」

急に手首のリボンをほどかれたかと思うと、ルーカスはニーナの手を秘所にあてがった。くちゅりと滴《しずく》が絡みつくのを感じて、慌《あわ》てて手を引っ込めた。

「どうだった？」

ルーカスが、蜜をまとったニーナの手を捕まえて指を舐めてくる。舌を閃《ひらめ》かせて、丁寧《ていねい》に蜜を舐め取っていく。

「どうして……恥ずかしい、ことばかり……」

「おまえが悦《よろこ》ぶからだ」

「よ、悦んでなどっ……あっ」

身を起こしたルーカスが、流れるような仕草で自らのシャツの釦《ボタン》を外す。その姿を目にして、反射的に顔を背けた。

「どうした？　私の裸を見るのはいやか？」

くす、と笑うからには、ニーナの羞恥は見透かされているのだろう。

「何度抱いてもおまえは初々《ういうい》しいな」

覆いかぶさってきた彼は、すでに一糸まとわぬ姿になっていた。逞《たくま》しい胸や引き締まった腹が目に入って、どうしても目が泳いだ。彼の裸身を見るのは初めてだ。

「そうやって目を逸らすから隙《すき》ができるんだ」

「え？」

とニーナが顔を戻すと、愉《たの》しげに口角を上げたルーカスと目が合う。

「あ、何……？」

気がつくと、先ほどまで手首に巻きつけられていたナイトドレスのリボンが、両腿に絡まっていた。

せっかく手が自由になったのに、今度は腿をぴったりと閉じた状態で縛られてしまった。

その脚を持ち上げられる。枕を腰の下に挟んだままだったから、膝立ちになった彼は悠々《ゆうゆう》とニーナの脚を抱えた。

途端、花唇に触れてくる熱を感じた。

ルーカスの欲望が、綻《ほころ》んだ割れ目にあてがわれていた。鞭の柄とはまったく違って、それは否応《いやおう》なくニーナの胸を躍らせる。感触も、体温も、すでに身体は覚えてしまっているのだ。

張り出した先端がぬるぬると動いて、花びらや芽を抉《えぐ》る。じんとした痺《しび》れが駆け廻《めぐ》り、ニーナの身体から力も、こわばりさえも奪っていく。

「ぁあっ……」

脚を大きく開かされるのも恥ずかしいが、こんな風に縛められて恥ずかしい場所をまさぐられるのもニーナをひどく困惑《こんわく》させた。

ルーカスは蜜口の浅いところでぬちゅぬちゅと先端を抜き差しする。その動きに誘われるがまま、蜜がたらたらと流れ出る。

「期待しすぎだ」

　ルーカスが、膝頭にくちづけてくる。

「そ、ういう……わけでは……」

　何度経験しても、身体の暴走には弱り果てる。だけどやはり、ルーカスはそんな戸惑いさえもとかしてしまう。

「私は期待してくれて嬉しいがな」

　艶《つや》があって、同時に獣《けもの》を宿したような獰猛《どうもう》さもある、ひどく胸を揺さぶる瞳が向けられた途端、心も頭もまともに働かなくなった。

「どうして……もう……」

　ニーナは切なげに眉根を寄せ、上掛けをしっかりと握る。ルーカスが、一気に奥まで入ってきた。

「ああっんっ――」

　体勢のせいか、とても深くに彼を感じて、ニーナは大きく背を撓《しな》らせた。

「鞭なんかじゃなく、これが欲しかったんだろう？　私にここを満たされるのを、待っていたんだろう？」

　繋がった下肢を揺すりたてられて、ニーナは呼吸を乱しながらわけもわからず頷いた。

鞭の柄よりずっと太いものを穿《うが》たれ押し開かれた襞は、最初ほんの一瞬おののいただけで、今やもう彼をうっとりと包み込んでいた。

簡単に籠絡《ろうらく》されてしまう。ルーカスの欲望は、いつだってニーナにめくるめく悦びを与えてくる。

身体は彼をただ記憶しているだけじゃなく、彼に服従しているのだと思い知らされる。

「う……ふ、あっ……ああんっ」

屹立《きつりつ》が、濡れた襞を擦りながら蜜口まで引き出され、尖りきった芽や花びらをぐちゅりといたぶりながら、再び奥まで入ってくる。

「素晴らしい、歌声だ。その声で、私の名を呼べ、ニーナ」

律動《りつどう》を速めながら、ルーカスがそう言った。ニーナは熱に浮かされつつも、懸命《けんめい》に彼を呼ぶ。

「ルーカ、ス……さまぁ……ああっん……」

「そうだ。そうやって、何度でも呼んだら、いい」

ルーカスは互いの下肢を密着させたまま、腰を回すようにして動かした。そんなことをされると、何もかもぐちゃぐちゃに混ぜ合わされる感じがした。熟した花びらも、震えるほど鋭敏になった小さな芽も。

身体の内側がとろけきってしまう。

「そ、れ……やっ……やぁ……んっ！」

「くっ……すごいな。すごく締まって、おまえに、奪われてしまいそうだ」

ルーカスの声は甘く掠《かす》れて、混じる吐息も熱っぽい。彼の興奮が肌に伝わってきて、ニーナは背筋をぞくりとさせた。

いっぱいに広げられた襞が、さらにぬちゅぬちゅと擦りぬかれる。快感に、心身ともに焦がされていく。

「ああぁっ、ルーカス、さま……」

全身を仰《の》け反《ぞ》らせ、上掛けを強く握る。

「いい声だ。ずっと、聴いていたい」

彼の腰の動きが激しくなる。ただでさえ快楽に呑まれていたニーナは、自分を攫いに来た波にあっけなく溺《おぼ》れた。

朱に綾《あや》なした身体を何度も跳ねさせて、苦しいぐらいに身悶えながら、ニーリは深い恍惚《こうこつ》のなかへと堕《お》ちていった。


——目の前に池が広がっている。

大きな池は、初夏の日差しをきらきらと反射して眩《まぶ》しい。

辺りを見回すと、緑の葉を茂らせた枝を悠々《ゆうゆう》と伸ばしている木の下に、黒髪の少年の姿が見えた。

ルーカスだとすぐにわかる。

――ああ、そうだ。私ルーカスさまと栗鼠を探していたんだった。

心が一気にうきうきとして、ニーナは小さな足で彼に駆け寄る。だが慌てすぎて途中で転んでしまった。

「ニーナ！」

気づいたルーカスが飛んでくる。彼だって、ふたつ年上といってもまだ子供なのに、運動神経がいいからか、走ってくる姿は俊敏《しゅんびん》でなんの危うげもない。

「大丈夫？　ニーナ」

聡明《そうめい》さを感じさせる整った顔が、心配げに顰《しか》められる。ニーナは涙を必死に我慢して、こくりと頷いた。

ルーカスが立ち上がらせてくれ、真っ白なドレスから丁寧《ていねい》に汚れを払ってくれる。柔らかなレースがひらりひらりと舞った。

「ありがとう。ルーカスさま」

「痛いところはない？」

「ない。平気」

派手に転んだわりに、不思議とどこも痛くなかった。だからすぐに元気を取り戻した。

「よかった」

ルーカスがにっこり笑うので、ニーナもふわりと微笑む。笑顔を交わすだけで、心が温かくなる。とても幸せで、ふたりの笑顔は自然と長く続いた。

けれども、鳴り響く鐘の音がふたりからその笑みを奪う。

「もうこんな時間か」

ルーカスが寂しげに呟《つぶや》いて、ニーナを見つめてくる。ニーナはなんのことかわからず、でも彼の表情が翳《かげ》ったことに寂しくなった。

「なんの時間ですか？」

尋ねると、彼は優しく諭《さと》すように言ってきた。

「そろそろお別れする時間だよ」

「お別れ……」

途端大きな哀しみに襲《おそ》われ、ニーナの青い目にはみるみるうちに涙が溜まっていった。

「じゃあ、また明日？」

問いながらも、なんだかいやな予感がしていた。それは的中してしまい、ルーカスは困ったような顔で首を左右に振る。

「ごめんね、ニーナ。たぶん、僕たちはもう会えないんだ」

それは、生まれて初めて味わった絶望だった。彼といるのがとても楽しかっただけに、落胆は激しい。まだ知り合ったばかりなのに……。

こんなに辛いことがあるのかと、ニーナはひたすら涙を流した。

「どう……して？」

息ができなくなるほどに咽《むせ》び泣くニーナの頭を、ルーカスが撫でてくる。壊れやすいものに触れるような仕草だった。

「一緒に……いたいっ……」

ニーナは手を伸ばし、ルーカスの手を握った。離れたくないことを、必死に伝えようとした。

「おね、がいっ……」

ぎゅ、ぎゅ、と何度も繋いだ手に力を込めた。そうすると、ルーカスもニーナの小さな手をしっかりと握り返してくれた。

「約束しよう、ニーナ」

腰を屈めて、目線の高さを合わせたルーカスが力強い口調でそう言った。

「大人になったら、僕はニーナを守る騎士になるよ」

「騎士……」

物語で活躍する勇敢《ゆうかん》な騎士は、ニーナも大好きだった。だけども、ニーナの心には別のことが浮かんだ。

「私、王さまのほうがいい」

「王さま？」

ルーカスが首を傾《かし》げる。ニーナは、宮殿に来る途中父から聞かされたことを、胸を張って披《ひ》露《ろう》した。

「王さまはとっても偉《えら》くて、この国の人、みんなを守ってるすごい方なんだよって、お父さまが」

ニーナの言葉に、ルーカスは嬉しそうな、そして誇らしげな顔をした。

「だから、ルーカスさまも王さまになって欲しい」

期待に胸を膨らませて見上げると、ルーカスはポケットから懐中時計《かいちゅう》を取り出した。金色に輝くその表面を大切そうにそっと撫でてから大きく頷いた。

「わかった。約束するよ。きっと立派な王さまになって、ニーナやみんなを守る」

「本当に？」

「うん」

ルーカスは小さなニーナの左手を取って、薬指に唇をあててきた。

「約束の証《あかし》」

手の甲《こう》への挨拶《あいさつ》とは違い、唇がしっかりと触れたことに少し驚いて、なんだか恥ずかしく、けれどもとても嬉しかった。


幼い頃の夢から目を覚ましたニーナは、ベッドのなかにいた。

全裸のままではあったが身体はさっぱりしていて、汚した上掛けも別のものに取り替えられている。

なんだかいたたまれなくて、再び眠りのなかに逃げ込んでしまおうとしたが、ふとルーカスが傍にいないことに気づいた。

不安になってそろりと身を起こす。

部屋を見渡すと、彼は暖炉の前の長椅子《いす》に座って手にした何かを見つめていた。こちらから窺える横顔は長い前髪に隠されている。

気になって、おずおずと声をかけた。

「ああ。起こしてしまったか？」

振り向いた彼は、少し疲れた様子だった。

「あの、どうかなさいましたか？」

心配して問うと、彼は困ったような笑みを見せる。

「おまえの子守唄が激しかったから、眠れなくなった」

「そんなことを……」

上掛けを引き寄せて顎まで隠すと、ルーカスはゆっくりと立ち上がり、こちらへ歩み寄ってくる。ガウンを羽織《はお》っただけの姿にどきっとして、また意地悪をされるのかと身構えた。

だがルーカスの手に握られているものを見てはっとなる。

「それって」

呟くと、ベッドの端に腰かけた彼は手のなかのものを見せてくる。

「覚えているのか？」

先ほど夢で見たばかりだし、そうでなくても当然覚えていた。

「はい。お父さまから贈られた、宝物ですよね？」

子供の頃、彼がそう教えてくれたのだ。

時間の経過の分、当時の真新しさはなくなっていたが、相変わらず王家の紋章《もんしょう》と植物の彫り物が素晴らしい。それにとても大切にされていたのだろう。懐中時計の金は重厚さを増し、奥深い艶としっとりと美しい味わいがある。まさに王家の宝という風合いだ。

「幼い頃、何度も兄に奪われそうになった」

ルーカスは苦笑して、懐中時計の表面を優しく撫でる。その仕草は子供の頃とまったく同じだった。

「私が大事にしていたからだ。兄は私のものを隠したり壊したり、よく泣かされた。学の面でも、剣術に関しても、私がすぐに兄に追いつき、追い越してしまったから、私が気に入らなかったようだ」

その話は容易に納得できるものだった。ルーカスは子供の頃から驚くほど物知りだったし、年齢以上に大人びていた。身体もしなやかで、身のこなしもいちいち鮮やかだった。

「兄は、私が王位を奪おうとしていると思っていたらしい。私には、そんなつもりはなかった。父が亡くなってからは、若き王となった兄を支えていくつもりだった。だがこうなった以上は……」

彼が苦しげに息を吐くので、思わずニーナは手を伸ばしてその肩に触れる。すると彼は懐中時計に落としていた視線を上げ、こちらを見た。泣きそうな、どこか痛むのを堪《こら》えているような顔だった。見ているこちらまで辛くなる。

どうしていいかわからず、ともかく肩を撫でて名を呼んだ。彼はその手に手のひらを重ねてくる。

「悪いな。情けなくて」

自重する姿がまた痛々しい。

「どうして謝るのですか？」

「おまえの好きだった王子さまらしくないからだ」

まさかそんなことを言われるとは思わず、ニーナは瞠目《どうもく》し、慌てて否定する。

「ルーカスさまは今でも素敵な王子さまです。……だいたい、あの時だってあなたは泣いてらっしゃったのに」

ルーカスは僅《わず》かに首を傾《かし》げた。

「泣いてた？　私がか？」

怪訝《けげん》な顔をされ、むしろこちらがびっくりする。彼の様子からして、とぼけているのではなく本当に覚えがなさそうだった。

懐中時計を見せたことや、歌のことはしっかりと覚えていたからこそ、泣いていた事実を忘れていることが信じ難《がた》い。

「都合の悪いことだけ、お忘れになったんですね」

純粋な驚きからそう口にすると、ルーカスはちょっと機嫌を悪くする。深刻な話をしているのはわかっていても、彼が拗《す》ねるのは少しおかしかった。

「じゃあ、約束は覚えてらっしゃいますか？」

「約束？」

「はい。立派な王さまになるという約束です」

ニーナは自分の左手に目を落とす。夢で見たことは現実にあった。あの日彼は、確かにここへくちづけたのだ。約束の証《あかし》として。

まるでニーナの心を読んだように、ルーカスが手を取って薬指にくちづけてきた。胸が、どうしようもなく高鳴る。

「もちろん覚えている」

そう言って、今度は指の付け根に軽く歯をあててくる。

「おまえがわんわん泣いていたこともな。一緒にいたいと手を握ってきたんだ。こうやって」

指を絡《から》めて見つめられ、ニーナは瞳を揺らした。

「そ、んな風にはしてません」

「じゃあ、どんな風にしたんだ？」

ニーナは一度手を離し、彼の手をぎゅっと摑むようにして握った。あの日よりずっと大きく、男らしくなった手を。

昔の気持ちが甦ってきた。

初夏の日差し。子供の目にはとても大きく見えた池と、清らかな匂い。水面《みなも》を渡る風の柔《やわ》らかさ。

彼と過ごした時間は新鮮で、きらきら輝いていて、別れるのが本当に辛かった。ずっとずっと、一緒にいたかった。

「ルーカスさまは最初、私の騎士になるとおっしゃってくれたんです」

夢で見た、そして現実に彼が言ったことを告げると、ルーカスは少し考えてから頷く。

「そうだったな、確か。でも、おまえは騎士じゃなく王になって欲しいと言ってきた」

「はい。王さまはよりたくさんの人を守っているからと」

子供心に、彼なら王さまになれるような気がした。

黒い髪も、金色の瞳も、しなやかでいて強い立ち姿も、特別な人にだけ与えられたものに映ったのだ。

強烈な印象が、今でもしっかりと記憶に残っている。

「ルーカスさまのお立場などまったくわかっていませんでしたから……」

少女の素直な発想だった。今思えば、第二王子である彼にとっては失礼な発言だったと詫《わ》びたが、ルーカスは小さく笑った。

「子供の言葉だ」

そう言われると、ほっとする反面、切なさを覚える。彼は今、あの約束についてどう思っているのだろう？

尋《たず》ねる勇気もなく黙っていると、ふいにルーカスが訊《き》いてくる。

「今は、もう王になって欲しいと思っていないか？」

繋いだ手に、彼は力を込める。金色の瞳が真っ直ぐに向けられていた。

その真摯《しんし》さに胸を打たれた。

彼にとっても、幼い日の約束はいまだ意味のあるものなのだと感じた。

心に優しい光が射す。喜びは胸を震わせ、甘酸《あまず》っぱい感情を全身に広げていく。

どきどきして、なぜだか泣きそうになる。熱いものが込み上げてくる。

好きだという気持ちが、収まりきらないほどに満ち溢《あふ》れていた。

——そう。好きなんだわ……。

幼い頃、ルーカスに憧《あこが》れた。自分はそのままの気持ちでいるのだと思っていた。

けれども違う。今胸にある想いはもっと深くて、身を焦がしてしまいそうなほど切なく募《つの》っている。

憧れなんかではない。これは恋だ。

大人になった彼を、大人として愛している。

「ニーナ?」

訝《いぶか》るように名を呼ばれ、ニーナは居ずまいを正して、彼の視線をしっかりと受け止めた。

「私は今でも、いいえ以前よりも強く、ルーカスさまが王位に就《つ》かれることを望んでいます」

はっきりと告げると、ルーカスが身を寄せて唇にキスをしてくる。背中に広がった髪を撫でながら、優しく抱き締められた。

ガウンのはだけた胸が、直接触れてくる感触と温度が恥ずかしい。それでいて、とても幸福だった。

重なった心臓が、とくんとくんと鳴っている。

「ルーカスさま」

うっとりと名を呼べば、さらに強く抱かれる。

「子守唄を歌ってくれるか?　ニーナ」

そう言われ、彼に騙《だま》されたことを思い出して反射的に身構える。

「本当の歌だ」

ルーカスは笑って、物柔らかな眼差しを向けてきた。

「じゃあ、羊が旅をする歌を」

ニーナはそっと目を閉じて、ゆっくりとしたメロディーを口ずさみはじめた。弱虫の子羊が、強くなるために旅をして、立派な大人になって戻ってくるという歌だ。耳に心地いい音程と、眠りを誘う緩やかなリズム。

肩に載《の》せられたままのルーカスの頭が、少し重たくなったのを感じた。それに、心から安らぎを感じる。

ずっとこうしていられればいいのに。そう思った。彼を抱いて、歌をうたって。

永遠に、彼の傍にいられたらいいのに……。

第四章　奪われるソプラノ

その翌日は朝から天候が悪く、ずっと雨が降っていた。風も強く、びゅーびゅーと高く啼《な》いては窓を叩《たた》く。遠くでは雷《かみなり》さえ鳴りだし、ニーナは弾《ひ》いていたピアノから手を離した。落ち着かない。

悪天候のせいもあるが、今朝からルーカスの姿を見ていなかった。夜明け頃目を覚ましたニーナは、ベッドにひとりきりだった。

部屋のドアには鍵《かぎ》がかかっていたから、おそらく彼は隠し扉から外へ出たのだろうが、一体どこへ行ったというのか？　ましてこんな雨のなか……。

書き置きひとつなく、火急《かきゅう》の用なのかと想像すればなおさら気を揉《も》む。だけどもサンドラに尋《たず》ねるのも憚《はばか》られ、ニーナは不安を募《つの》らせるばかりだった。

「お茶をお淹《い》れしましょうか？」

白い鍵盤《けんばん》を見つめたまま物思いに耽《ふけ》っていると、傍《そば》にいたサンドラに気を遣《つか》われ、ニーナは緩く首を振った。

「大丈夫。ちょっと雷が苦手なだけだから」

窓のほうを見ると、外は夕方とは思えぬ暗さだった。空は相変わらず灰色の分厚い雲に覆《おお》われ、風に嬲《なぶ》られて木々が大きく揺れている。遠雷《えんらい》がなかったとしても、心を乱させるのには充分すぎる状況だ。

いっそルーカスを探してみようか。そう思った時、ドアをノックする音が響《ひび》いた。

サンドラがドアを開けると、ステファンが現れる。

「ルーカスさまがお呼びです」

彼の言葉を聞いて、ニーナはほっとした。

ルーカスの用件など、その時はまだ知る由《よし》もなかったからだ。

ステファンに案内されたのは、執務室《しつむ》らしき部屋だった。やはりこの部屋も古めかしく、それが威厳《いげん》を感じさせる。

濃い飴《あめ》色の柱には彫《ほ》り物がほどこされていて、びっしりと本のつまった本棚と四季折々《おりおり》の穏やかな風景画が壁を占《し》めていた。

暖炉の傍には落ち着いた色合いの長椅子《いす》、すでにカーテンの閉められた窓際には丁寧《ていねい》に磨《みが》かれた大きな執務机が置かれている。暖炉に火の入った部屋は暖かい。

随分《ずいぶん》前に帰ってきていたのか、ルーカスに雨に打たれた形跡はなかったが、その表情はやけに硬かった。

掛けろと言われて長椅子に腰を下ろしたものの、ステファンが運んできた紅茶には手が伸びなかった。

奇《く》しくも初めて城に来た時と似た状況だったが、あの時とは違った緊張感がある。空気が張りつめているような気がした。

外で何かあったのかと、心配になってくる。

呼ばれた理由についてこちらから尋ねられずにいると、同じくティーカップに手をつけていないルーカスが、突然思わぬことを口にした。

「明日、ここを出ていけ」

「え……？」

何を言われたのかまったくわからなかった。

きょとんとしていると、彼は小さく息を吐いてから静かに繰り返す。

「今日限りで、この城を出ろと言っている」

「出ろ、って……」

ようやく彼の言葉を理解したニーナは、みるみるうちに青ざめた。衝撃《しょうげき》に、目の前が暗くなる。

「本当は家に帰してやりたいが、まだ事件が解決していない限りはそうもいかない。森を抜けた先に教会がある。神父《しんぷ》に話をつけておいたから、落ち着くまではそこにいろ」

一方的な、けれども絶対的な響きを持った物言いに、たじろぐほかない。

「ま、待ってください」

どくどくと心臓が騒ぎだす。

「そんな急に……」

自《みずか》らの言葉にぎくりとなった。

そうだ。いつかはこんな日がくると思っていたのだ。

だけどまさか今日だなんて――。

焦燥感《しょうそう》が募り、おろおろとなる。いきなり、持っているものすべてを奪われてしまった気分だった。

カーテン越しでもわかるほどの光が走り、雷鳴《らいめい》が轟《とどろ》いた。だがそんなことに構う余裕はなかった。

「あの、私——」

「……すぐに両親のもとへ帰してやれないのはすまない。なるべく早くおまえが平穏《へいおん》に暮らせるようにする」

真っ直ぐに向けられるルーカスの眼差《まなざ》しに決意を垣間見《かいま》て、ニーナは口ごもった。もう少しだけでもいいからここにいたいと、口にすることもためらわれる。

とはいえ、すんなりと出て行く覚悟もつけられず、どうにか糸口を探していると、ルーカスが決定的なことを言った。

「私にとっても、おまえがいないほうがいい」

「————っ！」

ニーナは、瞳《ひとみ》がこぼれそうなほど大きく目を見開いた。ショックのあまり、言葉が出てこなかった。

あんなに騒いでいた心臓さえ、止まってしまった気がした。それほど、彼の言葉は胸に鋭《するど》く刺《さ》さった。痛くて堪《たま》らない。

——いないほうがって……。私、邪魔《じゃま》だったの……？

走馬灯《そうまとう》のように、城へ来てからの日々が頭を駆け廻《めぐ》る。再会の喜び、翻弄《ほんろう》された混乱《こんらん》、ふたりで泉を見たこと、つい昨夜子守唄《こもりうた》を歌ったことも。

どうして急に切り捨てられるのかわからなかった。何か悪いことをしたかと必死に逡巡《しゅんじゅん》したけれど、思いあたることもない。

ニーナは彼を近くに感じていた。ルーカスだって、親しみを覚えてくれているのだと思っていた。

ただの思い込みだったのだろうか……。

茫然《ぼうぜん》となったニーナに、ルーカスは非情な宣告をした。

「サンドラを呼ぶ。荷物をまとめておけ。出発は明朝だ」

――明朝……。

――そんな……。

ルーカスはにべもなく立ち上がり、ニーナに背を向けた。淡々と呼び鈴を鳴らして、さっさとニーナを追い出そうとする。

視界がみるみる滲《にじ》んでいった。

もうなりふり構わず取り縋《すが》れる子供とは違う。出ていけと言われれば従うしかないことくらいわかる。

わかるけれど、どんなに唇《くちびる》を噛《か》んで我慢しようとしても、涙が溢《あふ》れてしまう。

本当に、出て行かなければならないのだろうか？　せめてもう少し時間が欲しい。そう心が足掻《あが》いてしまう。

「…………」

ルーカスさま。

呼びかけたはずのニーナは怪訝《けげん》な顔になった。発したはずの声が、聞こえてこなかった。

当惑して首を傾《かし》げ、もう一度言う。が、やはり唇からは空気が洩《も》れただけだった。

ルーカスさま。ルーカスさま……？

何度も復唱《ふくしょう》しているはずなのに、一切声にならない。

頭のなかが真っ白になる。

──声が、出ていない……？

耳は正常だ。その証拠に周囲の音はちゃんと聞こえている。暴れる風の音も、先ほどより遠くなった雷の轟きもきちんと耳に入っていた。

「どうした？」

振り返ったルーカスが訝《いぶか》しげな顔で見つめてくる。

声が……。そう訴《うった》えようとしたけれど無理だった。

両手を喉《のど》にあてたニーナは大声を出してみようとする。だが結果は同じ。高くしようが低く絞《しぼ》ろうが、自分の声だけが聞こえない。

言い知れぬ不安に脈拍《みゃくはく》が速まる。

「ニーナ……？　おまえ、もしかして声が……？」

近づいてきたルーカスに、ニーナは思わず縋りついた。驚愕《きょうがく》に涙さえ乾いてしまった瞳で彼を見上げる。

「一体どうして……」

彼の呟《つぶや》きに、ニーナは答えられなかった。声を失ったためではなく、言えないと思ったからだ。

出ていけと言われたショックでこうなっただなんて、言えるはずがなかった……。


ルーカスに出ていけと命じられた衝撃と、声を失った驚愕。ふたつのことで錯乱《さくらん》したニーナは、ルーカスの部屋のベッドに寝かされていた。

だけど突如《とつじょ》心を襲《おそ》った嵐はなかなか去らず、夕方になってもずっとざわざわした気分だった。

もちろん、まどろむことさえなかった。

ノックなしでドアが開いて、ルーカスが入ってくる。起き上がろうとするが仕草で制止され、ニーナは枕に頭を沈めた。

身体《からだ》までもが、ひどく重たかった。

だが、ルーカスが密かに呼んだ医者によると、身体のほうに問題はないということだった。喉も多少赤くなっている程度で、それは無理に声を出そうとしたせいらしい。おそらく一時的なもので、じきに声は戻るとも言ってくれた。

――本当にそうだと、いいのだけれど……。

「気分はどうだ？」

静かに問われ、ニーナは少しだけ彼のほうを向いて頷《うなず》く。大丈夫だと伝えたかった。だけど顔が哀《かな》しげに歪《ゆが》んでしまう。

ルーカスがため息をつく。

「急に声が出なくなったんだ。不安になるのは当然だ」

髪を撫《な》でてくる手に、妙に身構えてしまう。彼の優しさを、どう受け取ればいいかわからなかった。それほど気持ちが張りつめている。

「別の医者にも見せたほうがいいのかもしれないが」

ニーナは左右に首を振った。サンドラが用意してくれた紙とペンを取り『声以外はなんともないですから』と走り書きして見せた。

大急ぎで呼んだのはルーカスが懇意《こんい》にしている医者だと聞いた。それでも外部から人を招き入れるのは大変なことだったに違いない。

心苦しさを覚えて表情を曇《くも》らせると、またルーカスが嘆息する。

「ともかく、出発は延期だな」

どくん、と心臓が鳴った。じわりと広がる安堵《あんど》を感じ、ニーナは自分がいやになった。声が出なくなったことを喜んでいるみたいだからだ。

――ルーカスさまに、迷惑をかけているというのに……。

『おまえがいないほうがいい』と言った彼の声が甦《よみがえ》る。

大丈夫だから行きますと書こうとした。だがペンを持っている手が震えてしまう。涙が溢れてきてしまう。

「ニーナ？」

紙に涙が落ちたのを見て、ルーカスが心配げな声を出す。ニーナはペンを握りなおし、大丈夫ですと書いた。

『でも、もう少し休みます』

そう記して見せると、ルーカスはまだ何か言いたそうな顔をしながらも頷いた。

「心配するな。すぐに治る」

ニーナはつい、早く追い出したいのかと疑ってしまった。励ましの言葉さえ素直に受け取れず、哀しくなる。

項垂れたニーナの頭から、ルーカスの手がそっと離れて、彼の気配が遠のいていく。ドアが閉まると、ニーナは上掛けを引きかぶった。複雑な気持ちを抱えて小さく身体を丸め、ぎゅっと目を瞑《つむ》る。眠ってしまえれば楽なのだろうが、相変わらず目は冴えている。

頭だけがぼうっとしていた。

どうしていいかわからなかった。

いくら辛《つら》くても、彼の命令には従うべきだと思う。自分はただ匿《かくま》われていただけだ。招待されているのとは違う。

迷惑かもしれないと考えたこともあったし、いずれ離れる日がくることだってわかっていた。けれど……。

昨夜ルーカスへの想《おも》いに気づいたばかりなのだ。どうしたって切なさは募る。

こんなことなら、最初から冷たくしてくれていたらよかったのにと思ってしまう。彼が、ニーナのことなど覚えていなければ改めて恋をすることなどなかった。

ニーナはベッドのなかで自分の身体を抱き締めた。ルーカスの体温や肌の感触を知ってしまった身体を。

思い出すと、触れられた場所が切なく泣くような気がする。

ルーカスは、どうしてあんなことをしてきたのだろう？

彼が身体を重ねてくる意味を、何度も何度も考えた。尋《たず》ねたこともあった。けれども、ついにわからずじまい……。

深い意味などなかったのだろうか？　本当に、ただ声を聴きたかっただけなのだろうか……？

そう思うと心が捩《よじ》れるほどの痛みを感じた。なのに、彼に対する怒りは湧《わ》かない。どんなに振り回されても、ルーカスを憎《にく》むことができないのだと痛感する。

恋のせいだ。

この、胸の奥が燃え立つように熱くなったり、きゅんと切なく痺《しび》れたりする特別な気持ちがあるから、どうしたって恨《うら》みや怒《いか》りより、痛みや哀しみが勝ってしまう。

恋、というものの正体をまざまざと思い知らされた。甘いばかりではない。むしろ好きになればなるほど、辛いことだらけだ。

いずれ出ていくニーナにとって、恋心など病魔と同じだった。

やはり城を出よう。

そう決心したのは、夜になってからだった。

声はいまだに失われたままだったし、ルーカスへの想いは当然のごとくなお胸を焦《こ》がし続けていたが、いつまでもぐずぐずしているわけにはいかなかった。

——だって、傍《そば》にいたところで私は何もできないもの。

今となっては、彼のために歌うことさえ不可能なのだ。

その事実に気づいてしまえば、もう別れを決意する他なかった。

歌を求められ、はしゃいだ日が遠く感じる。胸が押しつぶされそうだった。

ベッドの上で膝《ひざ》を抱いていたニーナは窓の外を見てみる。

昼間の雨はすでに上がっていたが、空はまだ大半を雲に覆われていた。星はまばらにしか見えず、空にかかっているはずの三日月も雲に隠されている。

ただただ闇《やみ》が続いている、暗い夜だ。

郊外にある邸《やしき》に住んでいる時も、夜は当然静かだった。だけどこの城には独特の静けさがある。清らかで、肌に馴染《なじ》んだしじまだ。

ほぼ半月。ほんの短い滞在だったけれど、ニーナはすでに城での生活に慣れきっていた。最初は圧倒されるばかりだった城にも愛着が芽生《めば》えていた。

朝の光に照らされた中庭も、夕焼けに燃える山々も、もはや故郷と呼びたくなるほど好きな風景だ。

もっと長く暮らしたかった……。

ややもすると決心が揺らぎそうになる。早くルーカスに出発の意を伝えたいが、彼はまだ部屋に戻ってきていなかった。おそらく忙しいのだろう。きっと一ーナのせいで……。

ニーナは心の鉛《なまり》を吐き出そうと嘆息したが、沈んだ心は癒《いや》せなかった。この先ずっとこんな気分を抱いて生きていくのだろうかと思うと気が滅入《めい》る。

ふいに、森に隠された泉のことが浮かんだ。ルーカスとともにこっそり城を抜け出して見た、美しい青緑色の輝きをたたえた泉だ。

あの泉も、もう見ることは叶《かな》わない。

だったらもう一度しっかりと泉を見ておきたいと思った。その姿を正確に記憶しておきたい。ここを離れても、いつでも思い出せるように。

願いはどんどん切実なものになる。そして誘うように、雲の合間から月が顔を覗《のぞ》かせる。ぼんやりと輪郭《りんかく》の滲《にじ》んだ琥珀《こはく》色の三日月だった。

ニーナは耐えられずベッドを降りた。幸い、まだ着替えを頼んでいなかったのですぐに出かけられる。

向かった先はドアではなく、本棚だ。開け方は以前見たから覚えている。中身が空《から》っぽの本を抜き出して取っ手を引き、階段へ足を踏み出す。

階段はどこまでも真っ暗だったが、小さな燭台《しょくだい》を持ってきたのでなんとか進めそうだ。

早足で階段を下って、開錠《かいじょう》してドアを開ける。外へ出ると風に煽《あお》られた。

少しひんやりとした風は蠟燭《ろうそく》の火を揺らす。月はまた隠されてしまっている。火が消えないよう注意をしながら、慎重に足を運んだ。楽に歩けるよう整備されていないので、へたをすると転んでしまいそうだった。

生い茂る草がスカートにまとわりついて歩き辛《づら》いなか、例の、城壁の隙間に向かっている時だった。

がさりと物音がした直後、背後からいきなり何かに腰を拘束《こうそく》された。続けて素早く口を塞《ふさ》がれる。燭台が足元に転がり、蠟燭の火が消える。

一気に辺りが真っ暗になって、悲鳴さえ上げられないニーナはただ息を呑《の》んで心臓を凍らせた。

一体何が起こったのか理解できず硬直していると、後ろから低く濁《にご》った声がした。男の声だ。

「おまえ、誰だぁ?」

男はやけに力が強い。

「高そうな服だなー」

いやらしい手つきで腰を撫《な》でられ、嫌悪感《けんおかん》から身が縮《ちぢ》む。

「使用人じゃなさそうだが、城の関係のもんなんだろう？」

ニーナは頷くことも首を横に振ることもできなかった。

一体何者だろう？　どうして城内にいるのだろう？　あの抜け道はなかなか見つけられるものじゃないし、門には門衛《もんえい》がいるはずだ。

恐怖に身を硬くしていると、無理やり顔を横向かされる。

「ふうん。可愛《かわい》い顔してるな」

じろじろと観察され、ニーナの目にも賊《ぞく》の顔が映った。火が消えてしまっても暗闇に目が慣れはじめていたから、特徴は把握《はあく》できる。

彼は黒いフードを頭からかぶっていた。顔立ちは無骨《ぶこつ》で、いかにも狼藉《ろうぜき》を働きそうな男という印象だった。

顔を振って賊の手を放そうとすると、相手は指に力を入れた。頬に指が食い込んで、痛みに顔が歪《ゆが》む。

「あれ？　おまえ、もしかしてニーナとかいう娘じゃないか？」

ニーナはぎくりとなった。その気配が、賊にも伝わってしまう。

「そうだよなぁ？　攫《さら》う途中で別のやつに連れてかれたとか聞いてたけど、こんなとこにいたのか」

賊が、ニーナの名前だけでなく誘拐されそうになったことまで知っていたので驚いた。

――ということは、この人……。

ごくりと息を呑むニーナの耳元で、賊は嬉《うれ》しそうな声を出した。

「弟のほうが攫って囲ってたとは、ついてるなぁ。おまえを連れて帰ったら、きっと褒美《ほうび》もごっそり増やしてもらえる」

いや！　声にならない声で叫《さけ》んで、ニーナは身を捩った。

賊の言うとおりになってしまったら、きっとひどい目に遭《あ》わされる。わが身に迫る危機に怯《おび》えていたニーナは、次に聞こえてきた賊の言葉に戦慄《せんりつ》した。

「その前に、王子さまのほうを片づけなきゃなぁ」

賊は、ぴたりと動きを止めたニーナの耳元でひっひ、と卑下《げび》た笑い声をたてた。

「ということでお嬢さん。ルーカス殿下《でんか》のもとに案内してくれないかなぁ？」

もったいぶるような言い方にぞわりと鳥肌《とりはだ》が立った。賊がルーカスの名を口にするのが、ひどく汚らわしく思える。首を左右に振って拒絶すると、ぴたりと何か冷たいものが首筋にあてられた。

「おいおい、おとなしくしてくれよ」

触れていたのは短剣だった。

「いい子にしていてくれたら手荒なことしねーでいてやる。なるべくな」

短剣の切っ先がいきなりフリルの襟《えり》を裂《さ》いた。耳元でその鋭い音を聞き、ニーナは息をつめて震えた。

「大きな声出したりしたらこのまま喉を切り裂くからな」

低い声で脅《おど》してきた賊は、ドレスのスカートを無造作に切り裂いた。悲鳴ひとつ上げられないニーナは、顔を引き攣《つ》らせて怯えるばかりだ。

切り取った布を使って、両手を後ろで縛られる。力いっぱい縛《いまし》められ、手首がひどく痛んだ。舞踏会《ぶとうかい》から攫われた夜のことを思い出す。あの時以上の痛みだった。

同じようにして、口にもスカートの切れ端を嚙まされる。

「さっさと連れてってくれよ。手引きしてくれた門番がさ、王子の部屋は警戒《けいかい》が厳重《げんじゅう》で、忍び込むのは難しいって言うんだよ」

どうやら賊は門番と通じているらしい。ニーナは、やはりこの男は王に遣《つか》わされてきたのだと確信した。

恐ろしさに全身がこわばる。

王が、ルーカスを……？

考えていると、突然傍の城壁に背中を叩きつけられた。腕が軋《きし》み、一瞬息が止まった。

「なあ！　お嬢さんなら向こうから開けさせられるだろう？　危険を冒《おか》してまで救った女だ。きっと王子とはふかーい仲なんだろうからな」

下品な口ぶりに、嫌悪感が募る。しかし短剣を突きつけられ、身動きもできない。

銀色に光る刃《やいば》は氷のように冷たく感じた。恐怖に涙が浮かぶ。

「ほら。さっさと行こうぜ」

強引に腕を引かれ身体がよろめいて、そのままその場にへたってしまう。

「おいおい、なんだよ？」

しゃがんで覗き込まれ、ニーナは顔を横向けて身を小さくした。もう賊に見られることもいやだった。

「協力してくれなきゃ、困るんだよなぁ」

一連の動作が、反抗的に思われたらしい。賊は胸に短剣の切っ先を向けてきた。そのままドレスに突き立てて引き下ろしていく。荒々しく布地が裂ける音が耳を劈《つんざ》く。

全身が冷え切っていた。どうすればいいのか必死に考えようとしても、思考までも凍りついてしまっている。

賊はニーナの首元を飾っていたカメオを引きちぎり、短剣が作った裂け目に指を入れてくる。

いやらしくコルセットを撫でながらビリビリと裂け目を大きくしていった。

「へえ。真っ白だな。いたぶりがいがある」

賊の舌《した》なめずりを見て、ニーナは竦《すく》み上がった。反射的に身じろぐと、乱暴に髪を引っ張られる。

「おまえがさっさと案内してくれりゃ、こんなことしなくて済むんだぞ？」

賊は両方の肩から手荒にドレスを引き摺《ず》り落とした。コルセットが露《あらわ》になる。そしてすぐさま、硬いはずのコルセットがシュミーズごと一気に鳩尾《みぞおち》の辺りまで切り裂かれた。

「――――っ！」

邪魔だと言わんばかりにコルセットが取り払われ、投げ捨てられる。

「さすが王子が囲ってる女だけはあるな。そそる身体してやがる」

露出《ろしゅつ》させられた胸をいきなり摑《つか》まれ、痛みと嫌悪からニーナは声にならぬ悲鳴を上げた。涙が幾《いく》すじも頰を伝っては落ちる。

血の気の引いたニーナの顔を、賊はにやにやと眺《なが》めてくる。

「おとなしいな。猿轡《さるぐつわ》してるっつっても、全然声上げてる感じしねぇし。もしかして結構悦《よろこ》んでんのか？」

柔《やわ》らかなふたつの乳房《ちぶさ》を、賊の手がまさぐってくる。押しつぶされるのではないかと怯えるほど凶暴《きょうぼう》に揉《も》みしだかれて、ニーナは咥《くわ》えさせられている布を強く噛み締めた。

もういや。いや。いや……。

いたぶられ赤くなった胸の膨《ふく》らみを、賊が嬉しそうに見る。かと思うと、先端の粒がいきなり摘《つま》み上げられた。

痛みに顔を歪《ゆが》めて息を呑むと、髪を掴んで顔を上げさせられる。

「もしかして、声が出ないのか?」

間近から窺《うかが》われて目を逸《そ》らす。すると先ほどよりも強い力で胸の頂《いただき》を抓《つね》られる。激痛にじゅわりと涙が溢れ、顔が引き攣った。

「ふうん。やっぱ出せねーんだな」

賊は嬉しそうに笑った。その表情はもう、悪魔にしか見えなかった。

「好都合だ。たっぷり可愛がってやる」

今度は何をされるのかと絶望の淵《ふち》で震えおののいていると、身体を押し倒され、スカートの中央を一気に切り裂かれる。そしてドロワーズまでも無残に引き破られた。

ニーナは身体をのたうたせ、咄嗟《とっさ》に背中で這《は》って逃げようとした。けれどすぐに脚《あし》を掴まれる。

「可愛がってやるって言ってるだろう?」

もがくニーナに馬乗りになった男が、真っ白な首元に歯を立ててきた。鋭《するど》い痛みが走って、息が止まった。

「ああ、痕《あと》がついちまった。王さまに怒られちゃうかなぁ？　告げ口しないでくれよ？　これからおまえにこれをぶち込むこともさ」

賊がズボンを下げたのを見て、虫唾《むしず》が走った。

――いや。やめて……！

「どうせ王子さまのは何度も咥《くわ》えてんだろう？　それに宮殿にいきゃあ、めちゃくちゃに犯《や》られちまうんだ、どうせな」

ひひっ、と笑いながら、男はニーナの脚を抱え上げる。同時に猿轡にしていた布をずらして、強引に三本もの指を口に突っ込んでくる。

「まずはどっちのお口にしようか？　お嬢さん」

反射的に男の指を噛むと、喉を突く勢いで指を押し込まれ、ニーナは苦しみ悶《もだ》えた。

「危ないから、やっぱこっちの口だな」

汚らわしいとしか思えないものをぴたぴたと内腿《うちもも》にあてられ、一気に吐き気が込み上げる。

ニーナは精一杯もがいた。死ぬ気で暴れた。だけどまったく敵《かな》わない。その事実に叩きのめされる。

地獄《じごく》だ。

もうこれ以上何も感じたくなくて、ニーナはぎゅっと目を瞑《つむ》った。

神に祈る余裕さえ、残っていなかった。

しかし、急に賊の動きが止まる。

恐々《こわごわ》目を開けると、賊は神妙《しんみょう》な表情になって耳を澄ましていた。そして小さく舌打《したう》ちをしたかと思うと、素早く近くの木の裏に身を潜《ひそ》めた。

次の瞬間、ニーナの名を呼ぶ声が聞こえてきた。ルーカスの声だ。すぐさま彼のもとに駆け寄ろうとした。だが恐怖に震え続けた身体には力が入らず、うまく立ち上がれない。

声が近づいてくる。

「…………っ」

どうにかここにいると伝えようとして、ふいにニーナははっとなった。賊がなぜ自分を置いて隠れたのか、その理由を直感したのだ。

これは罠《わな》だ。

そう思って息を潜めた。

「ニーナ！　どこだ！」

本当は助けて欲しかった。ルーカスに縋《すが》りたかった。けれど心を強く持って、何も聞こえないと自分に言い聞かせた。

そうしなければ彼が賊に襲われてしまう。

胸の奥から熱い塊《かたまり》が込み上げてくる。瞳には次から次へと涙が浮かんで、はらはらとこぼれる。

しかし、ニーナの必死の努力さえ賊は嘲笑《あざわら》った。賊は、先ほどニーナのドレスから引きちぎったカメオを城壁に向かって投げ、わざと音をたてたのだ。

しんと静まり返った夜。今は風も弱く、カメオが石壁にぶつかる音はやけに大きく響いた。

しきりにニーナを呼んでいたルーカスの声が止んだ。がさがさと茂みを蹴《け》りながら足音がこちらへ向かってくる。

来てはだめ！

ニーナはどうにか罠だと伝えなければと足掻《あが》いた。しかし声を失ったニーナは無力だ。萎《な》えた足を叱咤《しった》して立ち上がり、茂みを出る手前まできたところで、それを掻き分けたルーカスと鉢合《はちあ》わせた。

ニーナの姿を見て、ルーカスはこの世の終わりを告げられたような顔をした。すぐさま上着を脱いで、ニーナの胸にあてててくる。それでドレスを切り裂かれていたことを思い出した。

「……一体何があった？」

上着を押さえながら訊《き》いてきたルーカスの声は震えている。目が、ニーナの首元に向いた。強く歯を立てられたそこは、いまだにじんじんと痛んでいた。

だが木陰から賊が姿を現すのが目に入り、そんなことはどうでもよくなる。ニーナは慌《あわ》ててルーカスに伝えようとしたが声は出せず、まだ手の縛めもほどかれていない。それでも懸命《けんめい》に身動きして、目線を賊のほうへ向ける。

「ともかくこれを外してやる」

ルーカスは短剣を取り出し、ニーナの手を縛っている布を切る。賊はどんどん近づいてきていた。

切迫感《せっぱくかん》が増幅し、心臓が壊れそうになる。

賊は音もたてずルーカスに忍び寄った。ルーカスがニーナの手首の拘束をといたと同時に、賊が短剣を掲げる。

ギラリと、短剣が光る。

いや！　そんなのいや！　絶対にいや!!

ニーナがルーカスの背後を指差そうとした直前、短剣がルーカスを目がけて振り下ろされた。

逃げて!!

叫びはやっぱり声にならなかった。

もうだめだ。そう思ってぎゅっと目を瞑った。

どさっという音。

眉根をきつく寄せて、閉じた瞼《まぶた》を震わせる。

そんな――。

あんなに騒いでいた心臓が縮《ちぢ》み上がり、がたがたと全身が震えた。

ああ、神様……。どうして――！

襲いくる悲観と、何もできなかった己《おのれ》への憎悪《ぞうお》に打ちのめされて卒倒《そっとう》しそうだった。

「――っ」

声なき嗚咽《おえつ》が込み上げる。

ニーナは目を開けられなかった。もういっそ、このまま何も見ずに意識を手放してしまいたい。

しかし、聞こえてきた声に瞼はたちまち開かされた。

「何者だ？」

それはまぎれもなくルーカスの声だった。

彼は情けなく尻《しり》もちをついた男に向かって、短剣を向けていた。

目の前の光景に、ニーナは茫然《ぼうぜん》となった。

何がどうなったのかわからなかったが、よく見れば賊の右の手首からは血が流れ出していた。そしてその手に短剣はない。

賊は確かに足音を忍ばせてルーカスに近づいた。そして短剣はもう、振り下ろされる寸前だった。おまけに何かが倒れ込むような音がしたのは、ニーナが賊を指差したと同時くらいだった。

けれどルーカスはかすり傷ひとつ負っていない。

彼は襲われるより早く動いて賊の攻撃を避け、自らの短剣で返り討ちにしたのだ。おそらく賊の気配に気づいていたのだろう。

「彼女に乱暴をしたのはおまえか？」

地の底から響くような声だった。横顔は非常に険しい。彼が烈火《れっか》のごとく怒っていることはニーナにも伝わってきた。

「答えろ」

賊は苦々しげな顔をしながら、両手を挙《あ》げた。

「勘違いするなよ。あのお嬢さんのほうから誘ってきたんだぜ？」

賊の言葉に、ニーナは凄《すさ》まじい反発を感じた。違うと言いたかった。けれど悔《くや》しいことに、ニーナは頭を横に振るくらいしかできない。それを知っているから、賊はニーナを愚弄《ぐろう》するのだ。

「確かめてみればいい。見ればわかる。あのお嬢さん、ぐっしょり濡《ぬ》らしてやがったから」

「おまえ、いい加減に――」

「そりゃあ、信じたくないかもしれないけど。なあ、お嬢さん。王子さまより、俺に犯されるほうが興奮したんだよなぁ？」

一瞬、ルーカスがニーナのほうへ視線を寄越《よこ》した。

するとすかさず賊が動いた。

左の袖《そで》から短剣を取り出し、ルーカスに向かって突進する。

賊の攻撃を受け、ルーカスの手から短剣が落ちる。ほとんど同時に賊がルーカスの懐《ふところ》に潜り込むのが見えて、今度こそおしまいだと思った。

しかし次の瞬間には再び、賊は地面に倒れ込んでいた。胸に、短剣を突き立てて――。

あっという間の出来事だった。息をつく暇もなかった。

潜り込んだ賊にやられるすんでのところで、ルーカスが自分に向けられた短剣を奪って賊を始末したのだ。

もがき苦しんだのち動かなくなった賊を見下ろし、ルーカスは苦々《にがにが》しげな息を吐いた。

そして自分の胸元に目をやる。シャツが大きく裂けていた。一瞬どきっとしたが、どうやら血が流れ出すほどの怪我《けが》はしていないようだ。

ルーカスがこちらを向く。

茫然《ぼうぜん》となっていたニーナの心臓が、生き返ったようにどくんと鳴った。続けて、止まっていた涙が次々と溢れてきた。

自分でもどうして泣いているのかわからなくなるくらい、心のなかがぐちゃぐちゃだった。

ほっとしていて、切なくて、申し訳なくて……。

近づいてきたルーカスは、地面に落ちてしまっていた上着を拾って再びニーナの身体を覆《おお》った。

安堵《あんど》と、甦《よみがえ》った屈辱《くつじょく》のためにニーナは震えて泣いた。上着を強く握ったまましゃがみ込んで左右に分かれたドレスを掻き合わせ、上着に顔を埋めてひたすら涙を流す。

「悪かった」

なぜかルーカスが謝ってきたので、ニーナは顔を上げる。目を逸《そ》らした彼は、痛々しいほど苦しげな顔つきをしていた。

ニーナは思わず立ち上がり、ルーカスの腕を掴んだ。そしてこちらを向いた彼に向かって、首を左右に振ってみせる。

ルーカスが謝る必要などひとつもない。

ニーナがあまりにも浅はかだっただけなのだ。いや、そもそも何も考えていなかった。夜、城を抜け出すなんて、本当に愚《おろ》かなことをしてしまった。

もう二度と、ルーカスに会えないかと思った。その可能性は充分にあったのだ。たとえ命があっても、顔向けできなくなっていたかもしれない。実際今、ニーナは彼の前でこんな姿を晒《さら》していることが耐え難《がた》かった。

「ルーカスさま」

向こうから、明かりが近づいてくる。ステファンの声だ。

ルーカスは庇《かば》うようにニーナの前に立ち、傍に来たステファンに賊が侵入していたことを伝えた。

横たわる賊を見て、ステファンはすぐに頷いた。

「あとのことはお任せを」

「……悪いな」

ルーカスは渋い面持《おもも》ちでステファンにあとを託した。そしてニーナを抱え上げる。

驚きはしたものの、抗《あらが》う気など起きるはずがなかった。

抱きかかえられたまま部屋に戻るや否《いな》や、ルーカスはサンドラを呼んで風呂の用意をさせた。そして彼女が出ていくと、当然のように浴室にニーナを連れて入った。

ぼろぼろにされたドレスをルーカスに脱がされるのに戸惑《とまど》ったが、依然として辛そうな彼の顔を見れば苦しくて、ニーナはおとなしくしていた。

「入れ」

髪を簡単に結い上げ、裸《はだか》になったニーナは豪華《ごうか》な彫り物のされた浴槽《よくそう》に足を入れた。

大きな浴槽は、足を伸ばして入ってもまだまだ余裕があり、ゆったりと身体を沈めると、温かな湯が肌を慰《なぐさ》めてくれるように感じた。やっと全身の緊張がとけた気がする。

安堵の息をついたニーナは、ルーカスの視線が首元に注がれているのに気づいた。賊が歯形をつけた場所だ。

彼はそこに、そっと指で触れてくる。甦る恐怖や屈辱以上に、沈痛《ちんつう》な彼の面持《おもも》ちがニーナの胸を苛《さいな》む。

続けて腕を摑まれる。手首に残った縛《いまし》めの痕をじっと見つめていたかと思うと、彼はその腕に石鹸《せっけん》の泡を優しく塗《ぬ》りつけてきた。

驚いて声を上げたつもりがやはり空気が洩れるだけだった。ニーナは身じろぎ、腕を引っ込めようとした。

問われて、ふるふると首を左右に振る。だけど心苦しくて、どうしても身を縮めがちになった。

「痛いか？」

浴槽の横に膝をついたルーカスは、ニーナの腕をしっかりと掴んだまま泡で洗い続ける。のみならず、彼はさらに反対側の腕も差し出すように命じてきた。

ニーナはおずおずと腕を出した。こちらの手首にも、しっかりと縛られた痕跡《こんせき》がある。

「本当にすまなかった」

ぽつりとルーカスが呟く。ニーナは彼の目を見て、先ほど謝られた時同様に仕草でそれを否定した。

「私のせいなんだ。賊は間違いなく兄の差し金だ。おそらく私を、暗殺しに来たんだろう」

彼の言葉は、ひどく重たかった。

母違いとはいえ実の弟を殺そうとするなんて、あまりに恐ろしい。

だけど賊の言葉を考えれば、そうとしか思えない。

なんという不幸なことだろう……。

「私が秘密裏に誘拐事件を調べていて証拠を掴んだことを、兄に気づかれたんだろうな」

彼は、ふっと冷たく笑った。

「警戒はしていたつもりだった。けれど甘かったんだ。こんなことになるなんて……」

彼は心底苦しそうな声を出した。声を失ったままのニーナは言葉をかけることもできない。いや、声が出たところで何を言えばいいのかなんてわからなかった。

やはり無力なのだ。そう思うと哀《かな》しい。

悔恨《かいこん》に揺れる金色の瞳を目にして、ニーナはやりきれない気持ちになった。悪いのはひたすら自分だと思っていたからだ。

いくら賊が門衛の手引きを得て城内に侵入してきたとしても、部屋でじっとしていれば安全だったはずだ。のこのこ出ていったから捕まったのだ。

「ニーナ。やはり予定どおりここを出ろ」

そう言われれば、もう頷くしかなかった。これ以上、彼に迷惑をかけるわけにはいかない。もともと、出て行くと自分から彼に伝えるつもりだった。

だけど、どうしても今夜でお別れだと思うと涙が溢れてきてしまう。それにルーカスのことも心配だった。今回は失敗したとはいえ、彼は暗殺されそうになったのだ。

ニーナは身を震わせた。

「寒いか？」

訊かれて、首を緩く横に振る。浴室にもきちんと暖炉は備えつけられているから、充分に暖かい。

ニーナはルーカスをじっと見つめた。気をつけて欲しいと、声には出せずとも繰り返し唇を動かして訴えた。

すると、その唇が優しいキスで塞がれる。

「わかっている。私のことは心配するな」

思いが伝わったことが嬉しくて、胸の奥がじんと痺れた。再びキスをされるとふんわりと甘くて、穏やかな気持ちが胸に広がる。

ルーカスが好きで好きで堪《たま》らない。それはもう、息もできぬほど……。

けれどだからこそ、この恋は一生胸のうちの秘密にしておこうと思った。気持ちを封じ込めて、平気なふりをして城を、彼のもとを去るのがルーカスのためだ。

好きだから想いを閉じ込めよう。大切なものほど、お気に入りの箱にしまい込んでおくように。

今夜限りで終わり。

だから、今夜だけ……。

瞼を落として、彼のくちづけを受け止める。彼の服が濡れてしまわぬよう気をつけたが、相手はまったく構わずにニーナの身体を抱き寄せた。

彼の唇は何度も角度を変えて合わさってきて、薄く開いたあわいに舌が潜《もぐ》り込んでくる。キスは途端に深くなった。

柔らかくて、艶《なま》めかしくざらついた舌がニーナを誘うように動く。擦り合わさって、絡《から》まって、時折ちゅくりと吸われる。

ただでさえ温まっていた身体に、さらなる熱が加わった。

ニーナの唇を軽く食《は》みながら、ルーカスは濡れた服を脱いでいく。シャツにズボン、下穿《したば》き、手早くすべてを取り去って、すっきりと引き締まった裸身《らしん》を晒《さら》す。

「つづきを、洗ってやる」

彼はすぐさま浴槽に入ってくる。そしてニーナの身体を反転させて自分の脚の上に座らせた。湯のなかにいるせいで身体が不安定なのもあって、どうにも落ち着かない。

腰を引き寄せられれば、少し硬くなりはじめた楔《くさび》が脚の間を滑《すべ》った。反射的に腰を浮かすと、いきなり両方の胸を手のひらで包まれる。

ぬるりとした感触は、石鹸の泡のせいだ。なめらかな泡をまとった手で膨らみ全体をゆっくりと撫で擦られて、何度も肩が跳《は》ねる。

「ふっ、は……」

手のひらで転がされ、頂の粒がぷくりと尖《とが》っていく。ただでさえ弱い箇所を、いやらしくぬめる手や指で弄り回されると、一気に身体が高められてしまう。

「あの男に、触られたのか？」

ふいに低い声で訊かれ、ニーナは背後を窺おうとした。だがすぐに硬くなった蕾《つぼみ》を摘まれて、半端に捩《よじ》った身体は震えるだけとなる。

「やはり答えなくていい。あんな男のことなど、さっさと忘れさせてやる」

声にはっきりと苛立《いらだ》ちを滲《にじ》ませたルーカスは、指で蕾を捏《こ》ね回しながら、胸全体を大きく回すようにして揺さぶる。けれどその手つきはあくまで優しくて、だからこそニーナは苦しげに息を吐き、すぐにルーカスに夢中になっていく。

「気持ちいいのか？　もうこんなに尖らせて」

指で摘んだ蕾をくにくにと苛められ、ニーナはしなやかな背を撓《しな》らせた。そこへ、ルーカスが唇を押しあててくる。

「感じればいい。もっと」

言われずとも、ニーナは今まで以上に感じている気がした。

石鹸のせいだろうか？　それともこれが最後だからだろうか？

胸がつきんと痛んで、今夜ばかりは早く何も考えられなくなればいいのにと思った。

背中にも、石鹸で滑りのよくなった手のひらが這《は》い、湯に浸《つ》かった腰へと下りていく。もう片方の手は、相変わらず胸への愛撫を続けていた。蕾が痛いほどに膨れきっている。それでも指で弾かれると、小さな粒は甘い刺激を全身に伝えた。

別れを意識し、胸を切なく軋《きし》ませながらも、ニーナの身体はルーカスの手中へ、深い悦《よろこ》びのなかへと堕《お》ちていく。

たっぷりと石鹸の泡をまとった指で蕾の周りをくるくると撫でられると、はしたなく花唇《かしん》がひくついてしまう。ルーカスの手はそこに触れてもいないのに。

疼《うず》く秘所は、湯のなかにあってもわかるほどすでに蜜《みつ》を含ませていた。

気づかれたくなくて腰を上げていたのに、ルーカスがぐい、と脚の間に膝を挟《はさ》み込んでくる。

「ふぁ……うっ……」

いじましく収縮していた箇所をいきなり強く抉《えぐ》られ、急激にあの波が兆《きざ》した。自分が微《かす》かな声を洩らしたことなど、気づく余裕もない。

前兆を悟ってか、ルーカスは膝の力を緩めてニーナをはぐらかした。もどかしげな腰を摑んでゆるゆると揺らめかせながらも、彼の脚は悩ましい場所にあたったり、あたらなかったり。

「……ぁ……ぅっ…ぁ……」

「ニーナ。おまえの声が聴きたい。歌を聴かせて欲しい」

無理なことを言われて困惑《こんわく》するニーナを、ルーカスの脚はさらに焦《じ》れさせる。膝が花唇に淡く触れ、小さな突起を掠《かす》めた。

「歌え、ニーナ」

「…………」

ルーカスさま。

必死に息を継ぎながら、彼の名を呼んだつもりだった。ままならぬ自分が歯がゆい。

「ニーナ。歌ってくれ」

懇願《こんがん》の言葉に、ぐっと胸を突き上げられた気がした。ルーカスが、求めてくれている――。

歌いたい。歌いたい。懸命に声を出そうと足掻《あが》く。

「……ス……さ……」

――彼のために。私自身のために。

「そうだ。聴かせてくれ。おまえの歌を」

ルーカスさま。ルーカスさま。

「……スさ……ま……ゥ……ス、さま……」

背後からぎゅっと抱き締められて、彼の優しい体温に励まされて、ニーナはいちずに声を振り絞《しぼ》った。

「……ルーカス、さま！」

「ニーナ！」

その瞬間、苦しいほどに抱きすくめられた。

――よかった……。

ニーナは涙をこぼしていた。最後にルーカスの望む声が出せて、心から安心した。

大丈夫。

切なさを堪《こら》えて、ニーナは自分に言い聞かせた。

別れはひどく辛くはあるけれど、耐えられる。彼が生きてさえいてくれれば、どこかしらから見ていられるはずだ。なぜならルーカスは、きっと約束を守って王さまになってくれるのだから。

たとえそれが、子爵令嬢《ししやく》であるニーナにとってさえ遠い存在であっても……。

「ルーカ……スさま……」

「ああ。ニーナ」

身も心もすべてを抱擁《ほうよう》する声で呼ばれたと同時、押しあてられた膝がぐんと動いて、もどかしげにしていた花びらや芽を擦り上げた。

「ああっ……んっ……ぁ……」

ルーカスが耳元でふっと笑う。

「いい歌声だ。本当に、極上の調《しら》べだ」

脚で秘所をまさぐりながら、ふたつの柔らかな乳房を持ち上げて揉み込まれる。先端にあてがわれた指先が、小刻みにうごめいて蕾を悦ばせる。

快感に思考が霞《かす》んでいく。

胸への愛撫同様、秘裂《ひれつ》に割り込んだ膝の動きも荒さを増して。ニーナは追い立てられるがままあっけなく溺《おぼ》れた。

迫る絶頂感に抗《あらが》えず、身体をびくん、びくんと大きく弾けさせる。

「んっ……ぁあっ、あっ……あああっん」

ルーカスの脚が密着しているところから、恥ずかしいほどの蜜が流れ出て湯に溶けた。

恍惚《こうこつ》のなかで羞恥《しゅうち》に身悶《みもだ》えていると、くたりとなった身体を背後からしっかり抱き締められる。

「ニーナ……」

耳元で呼ばれた声が切なげに聞こえて、ニーナは心臓をどくんとさせた。

「……ふ、ぁ……さま……」

「もっと聴かせてくれるだろう？　ニーナ」

首を傾《かし》げながら緩慢《かんまん》に背後を窺う。するとそのまま身体を反転させられる。今度はルーカスと向き合うかたちで彼の膝に座らされた。

ルーカスは両手で、乳房をやんわりと覆う。体勢のせいで、胸が彼の目の前にあるのが恥ずかしい。

ニーナの戸惑いを見透かしたように、ルーカスは湯に浮きあがって揺れるそれをじっと見つめてきた。

「これはもう、触らなくても膨らんだままだな」

彼が示しているのが、つんと尖《とが》った蕾だというのはすぐにわかった。

「放っておいたままでいいのか？　触って欲しいんだろう？」

持ち上げた膨らみの下に、彼は唇をあててきた。

「……やっ、んっ……」

彼の唇がじりじりと這って、胸の先の敏感な部分を掠《かす》める。

「何がいやなんだ？　この尖りに触れられることか？　それとも逆か？」

膨らんだ蕾の、すぐそばで彼は言葉を発した。本当に、触れるか触れないか、ぎりぎりのところで。そうやってわざと、湿った吐息を吹きかける。

尖りは、彼に触れられた時の悦びをいやというほど知っているから、ちょっと苛められただけで堪らなくもどかしさを感じてしまう。

「……ス、さま、ぁ……」

「なんだ?」

「んくっ……は、ぁ……」

舌先が、色づいた蕾の周囲だけを舐《な》める。

ちゃぷ、と湯が波立った。ねだるようにニーナが身を動かせてしまったせいだ。羞恥と疼き、両方に追いつめられてどうしていいかわからなくなる。

彼は乳房を優しく揉みしだく。指の間に、焦《じ》れて膨らみきった粒がある。

「触って欲しいのか?　いやらしく熟《う》れたこれを。今にも綻《ほころ》びそうなこの愛らしい蕾を」

そんな言い方をされると、頭のなかが熱くなる。

「も…あうっ……」

尖らせた舌先で蕾を弾かれたかと思うと、いきなりそれを口に含まれた。

「ああぁっ!　……んっ」

濡れた熱い舌が、蕾にねっとりとまといつく。

長く焦《じ》らされていたために、その刺激は強烈にニーナを眩《くら》ませた。

「こうしていると、ひくひくしているのがよくわかる」

ルーカスは舌で胸の頂をつつきながら、先ほどのように脚を押しあててくる。先ほどと違うのは、一度達したニーナの秘所が常に小さな痙攣《けいれん》を繰り返していることだ。

「……めっ……だめ……」

とろとろにされた花唇はより敏感になってしまっていて、小さな芽は些細《ささい》な揺さぶりにも身《み》悶《もだ》えするほどの快感をもたらした。

そこへ、ルーカスは彼の欲望をあてがってくる。困るのは、心臓が高鳴ってしまうことだった。

まるで、待ち望んでいたみたいに……。

「は、ぅ……あぁ……」

羞恥のあまり、腰が逃げようとする。それを見て、ルーカスが苦笑する。

「もう何度も受け入れただろう？　そして、いつもおまえは悦んでこれに絡《から》みついてきたじゃないか。本当は欲しいんだろう？」

彼の言葉が誘い水となって、まさにその場所を疼かせる。

「うう……やな……に……ひぁっ……」

明らかに硬度も嵩《かさ》も増した楔の先端が、いきなり花びらを押し分けて入ってくる。一度達してとろけた蜜口《みつくち》は、ほとんどためらわずにルーカスを受け入れる。

彼の言うとおり、花筒《はなづつ》は待ち焦がれていたみたいに彼を包み込み、きゅうと締めつける。奥の泉から、ニーナ自身をたぶらかす蜜が湧き出てくる。

「私が欲しくて堪《たま》らなかったと、認めるか？」

腰を揺さぶられ、なかで彼がうごめき、滾《たぎ》る楔に襞《ひだ》が絡む様《さま》を余計に意識させられる。

「おまえが私を覚えたように、私もおまえを記憶しているぞ、ニーナ」

ルーカスは不穏な響きを聞かせて、最奥《さいおう》をごり、と突き上げた。互いの下肢《かし》を密着させ、追いたてるような激しい抽送《ちゅうそう》をはじめる。

「ああんっ――」

「ああ、そうだな。ここをされると、堪らないんだよな？」

ただでさえ昂《たか》ぶったニーナをさらに唆《そそのか》すことを言いながら、ルーカスは猛々《たけだけ》しく腰を打ちつけてきた。

湯のなかで、身体が浮いているように感じる。それがなおさらニーナに甘い眩暈《めまい》を起こさせる。

「そ、こ……やっ……やぁ……んっ！」

ニーナの唇はルーカスの耳に触れていた。甘ったるく掠れた喘《あえ》ぎ声が、ルーカスの耳に直接吹き込まれる。

「いい声だ」

彼は欲望を深くまで突き立てたまま、ニーナの細い腰を両手で掴んで前後左右に揺さぶった。

「やあぁっ――――！」

ちゃぷちゃぷちゃぷと波立つ湯が、ふたりの行為の激しさを物語る。

「ううっ、ふ……あっ、ああっ…………んっ……」

感じてしかたのない場所が激しく捏ね回され続けて、すでに意識はぼやけていた。ルーカスが動いているのか、自分が腰を揺らめかせているのかさえ、だんだんわからなくなってくる。

快感にとりつかれてしまっていた。

腰が浮いたり、掴まれて落とされたり、息吹く襞を絶えず擦られて、甘くて濃い酩酊《めいてい》感のなかに意識が彷徨《さまよ》う。

「いい子だ……んっ……ふ、ぅっ……」

ルーカスも掠れて苦しげな声をこぼしながら、ニーナのなかを掻き乱した。その動きはいつになく貪欲《どんよく》だ。

「ルーカス、さま……も、きも、ち……いい？」

ぼんやりとなりながら問うと、相手は困ったように笑って頷く。

「当たり前だ。おまえがすごく、ほら、こうやって締めつけるから。熱くて、堪らない……」

ニーナはルーカスに抱きついた。彼が快感に囚《とら》われているのが嬉しかった。自分と同じように、彼も興奮しているのかと思うと、またそれにうっとりとなってしまう。

「……さ、ま……ルーカスさ、まっ、あ……っ」

「本当に……いやらしいな、ニーナ」

身体が激しく波打って、容赦《ようしゃ》なく揺さぶられて、ニーナは声が嗄《か》れるほどに喘いだ。知らぬ間に腰がくねっていた。

「だっ……て……ルーカス、さまが……っ」

「私が、おまえを……こんな風に、していると?」

奥を激しく突き上げながら彼は訊いてくる。ニーナは浅い頷きを二度、三度と返した。すると耳元で、ふっと笑い声がした。

「そうだな。おまえを啼《な》かせるのは今までもこれからも、私ひとりだ」

独占欲を感じさせる言葉に、全身がとろけそうになった。とろけてしまえばいいと思った。

このまま彼とひとつになってしまいたい。

叶《かな》わぬと、わかっていても――。

眦《まなじり》から流れ落ちた涙は、快楽の証《あかし》か別のものか、ニーナ自身よくわからなかった。

ぴんと尖ったままだった蕾を舌先でつつかれ、みだりがましくしゃぶられる。そうしながらも、ニーナを攻める腰の動きは止まらない。

貪《むさぼ》られる内襞《ひだ》が、奥の感じるところが、熱くてしかたがなかった。

「ルーカス、さま……あっんっ……っ、もう……また……！」

高みへと駆りたてられ、ニーナは胸を激しく上下させて乳房を揺らした。芳醇《ほうじゅん》な愉悦《ゆえつ》が、再びニーナをとらえようとしていた。

「ああ。いけばいい」

「やっあっ――！　あぁぁっ――！」

ルーカスにしがみつき、仰《の》け反《ぞ》らせた身体を激しくのたうたせた。ほとんど同時に、身体の奥にどくどくと熱いものが迸《ほとばし》るのを感じた。それが放たれる瞬間、なぜかいつもニーナは夢うつつになった。

最後だと思うと、なおさら内壁に散った熱がいとおしく思えた。

「ニーナ」

掠れた声で名を呼び、彼は耳にくちづけてくる。

「……ルーカスさま」

ニーナも、彼の耳元で囁く。

ぴったりと重なった肌。とけ合えたと、錯覚《さっかく》を覚えるほど近くに彼を感じる。

見れば、ルーカスはほっとしたように瞼《まぶた》を閉じていた。

いとおしさが胸に溢《あふ》れて、ニーナはいまにもふつりと意識を途絶えさせそうになりながらも小さな声を出した。

月に焦《こ》がれる夜顔の歌を、囁くように口ずさんだ。ニーナにとって、とても大切な歌だ。きっとこれからもっと大事になる特別な歌だ。

歌声が耳に入ったのか、ふっと、柔らかくルーカスが笑む。

彼の穏やかな表情に、心が満ちていくのを感じた。

この瞬間をいつまでも忘れぬよう、ニーナはしっかりと彼の面影を心に刻んだ。


夜明けを待たず、ニーナは目を覚ました。静かにルーカスの腕から抜け出し、そっと自室として与えられている部屋に戻った。

この部屋とも今日でお別れかと思うと涙が込み上げそうになる。出発の用意は、サンドラによってすでに整えられていた。

だけども誘拐された上馬車から救出してもらったニーナには、荷物といっても自分のものはほとんどなかった。それに行き先は教会で、目的は身を隠すこと。鞄《かばん》ひとつで出ていける。

深いブラウンの絹《きぬ》に紺《こん》のリボンで縦縞《たてじま》の模様が入った地味なドレスをサンドラに着せてもら

う。袖は膨らみのないすんなりとしたデザインで、スカートの広がりも抑《おさ》えられているから動きやすいだろう。

髪をきちんと纏《まと》めてもらい、ドレスと揃《そろ》いの小さな帽子《ぼうし》をかぶる。黒のベールで顔を隠して、準備は完了する。

昨夜眠る前に、教会の馬車は城から離れたところに停まっているとルーカスから聞かされていた。目立つのを避けるためだろう。教会まではステファンがついてきてくれるらしい。サンドラも一緒に来てくれる。彼女は教会でも世話をしてくれるらしく、それはとてもありがたかった。

部屋を見渡してからドアを出る。使用人が少なくいつだって静かな廊下だが、今朝は普段以上に静まりかえっているように感じた。

「本当によろしいのですか？」

廊下を歩きながら、サンドラが訊《き》いてくる。彼女はルーカスの部屋のほうを気にしていた。挨拶《あいさつ》をしていかなくていいのかという気遣いだろう。

「ええ。いいの」

ニーナはルーカスの部屋から目を逸《そ》らしながら答えた。

世話になったことについての礼は昨夜きちんと述べておいたし、今顔を見たら決心が揺らぎそうだった。

ルーカスも見送るとは言わなかったし、部屋から出てくる気配もない。それでいいと思った。

「行きましょう」

サンドラを促《うなが》すというよりは、自分に言い聞かせる意味でそう口にして、ニーナは廊下を進む。

窓から見下ろせる中庭には、もう随分《ずいぶん》春の花が咲き揃《そろ》っていた。まだ薄暗いなかで、花々はじっと朝を待っている。

栗鼠《りす》は眠っているだろうか？　ルーカスと散歩した日のことが浮かんで、胸がきゅんと疼いてしまう。

切なくなるから、もうなるべく何も見ないようにしようと思った。たった半月の間に、思い出を作りすぎたのだ。

前だけを見て、ニーナは城を出る。

夜明け前の少し冷たい空気と、山独特の清々《すがすが》しい香り。外へ出ると背筋が伸びた。

道すがら、ニーナは一度だけ城を振り返った。

堅牢《けんろう》で頼もしく威厳《いげん》のある城が、次第に白くなっていく空のもとで凛《りん》と佇《たたず》んでいる。

この城での出来事は、きっと一生忘れないだろうと思った。

第五章　さようなら金色の王子さま

城から町ひとつ分ほど離れた山裾《やますそ》に、ぽつんと隠れるようにして教会は建っていた。ニーナが通っていた荘厳《そうごん》な教会と比べると実にささやかな木造の教会だ。

それでも用意してもらった離れの一室は寝起きするには充分な広さがあり、サンドラが世話を焼いてくれるので生活は快適だった。神父《しんぷ》も親切で、ひとりきりで寂《さび》しかったんだと言って歓迎してくれた。

教会へ来てから三日間。ニーナは毎日礼拝堂でルーカスの無事を神に祈り、オルガンを借りて歌をうたった。

歌に関しては、神父から勧《すす》められて歌いはじめた。おそらくルーカスから何か聞いていたのだろう。

心が温《あたた》かくなるオルガンの音色《ねいろ》に合わせて歌っていると、随分《ずいぶん》気持ちが安らいだ。歌わずにいたら、きっともっと滅入《めい》ってしまっていたはずだ。

今日も、簡単な昼食を済ませてからずっと礼拝堂に籠《こ》もっていたニーナは、歌い終わって鍵《けん》盤《ばん》から指を離した。

音が止むと、ひとりきりの礼拝堂の静けさが身に沁《し》みる。けれども場所柄、静寂《せいじゃく》は神聖なものに思えて心地いい。

窓からは柔《やわ》らかな日差しが入り込んでいた。春も盛りに近づいている。もうしばらくすれば夏の気配がしはじめるだろう。

夏、と思い浮かべると、泉でルーカスが話してくれたことが頭を過《よ》ぎる。夏の泉の美しさは、ぜひ目にしておきたかった。

きらきらと輝く水面《みなも》。山百合《やまゆり》。どんな風《ふう》なのだろう？　どんな香《かお》りがしたのだろう？　思いを馳《は》せると、泉が恋しくなる。

無理をすれば行けなくもない。だけど、城に近づくわけにはいかなかった。

ルーカスはどうしているだろう？　そのことばかり考え、ニーナは日々不安を募《つの》らせていった。

忘れようとしたって、彼のことは忘れられるものではなかった。むしろ離れてからのほうが、想いが強くなった気さえしている。

――賊《ぞく》を倒してしまうほどの彼だから、きっと大丈夫だとは思うけれど……。

「ニーナさま」

祈りを捧げようとニーナが立ち上がった時、サンドラがやってくる。ニーナは彼女の顔を見ていやな予感を覚えた。

サンドラは頬《ほお》を引き攣《つ》らせ、やけに神妙《しんみょう》な顔つきをしていた。

「どうしたの？」

訊《き》きたくないと思ったのに、口が勝手に尋《たず》ねていた。

恐る恐る返事を待っていると、サンドラはいっそう表情を曇《くも》らせ、非常に重たそうに口を開いた。

「ルーカスさまが……お亡《な》くなりに」

沈痛《ちんつう》な声で告げられた言葉を、ニーナは理解できなかった。

突然耳鳴りがして、目の前が暗くなる。

「なんて、言ったの？」

血の気が引いていく。サンドラが慌《あわ》てて駆《か》け寄ってきた。今にも倒れそうな様子だったのだろう。指先がひどく冷たい。

頭が理解しようとしないだけで、サンドラの言葉はちゃんと耳に残っていた。

お亡くなりに……って……。

そんなのは、嘘《うそ》に決まっている。ありえない。ルーカスがいなくなるなんてこと——。

「ねえ、なんて言ったの？　サンドラ」

震える声で尋《たず》ねる。

サンドラが答える前に、ステファンがやって来た。

「どうぞ、お気を確かに」

ステファンから気遣《きづか》わしげな言葉をかけられても、ニーナはサンドラの腕を摑《つか》んだまま全身を冷たくして動けなくなった。

対するステファンは、妙に静かな声で告げてくる。

「葬儀は十日後です」

葬儀——。

暗かった視界が突如《とつじょ》真っ白になったかと思うと、身体が大きく傾《かたむ》いた。

意識を薄れさせながら、ニーナは唇《くちびる》だけで呟《つぶや》いた。

ルーカスさま……。

サンドラに付き添ってもらい教会から両親のもとへと帰ったニーナは、悄然《しょうぜん》となったまま十日を過ごした。

せっかく再会できたのだから両親には笑顔を見せたい、もう心配をかけまいという気持ちはあった。けれども、どうしても元気に振る舞うことができず、ずっと部屋に籠もりがちだった。

ルーカスは、火事で亡くなったらしい。

ニーナが出ていった翌日の夜、城の厩舎《きゅうしゃ》に火が上がったとステファンが言った。馬のディモは助かったが、残念なことにルーカスは巻き込まれてしまったと……。

けれどニーナには納得がいかなかった。

ルーカスが死んだなんて、嘘に決まっている。

彼は逞《たくま》しく、賢《かしこ》い。誘拐事件を探ったり、ニーナを救ったり、はたまた賊《ぞく》を倒したりするほどの力を持っているのだ。

狙われたばかりで警戒《けいかい》だって充分していたはずだ。誰かに殺されたと考えるのも無理がある気がした。

それとも、そう思い込みたいだけなのだろうか？

宮殿の広大な広場を使って、ルーカスの葬送《そうそう》が行われることになっていた。当初は礼拝堂での葬儀のみの予定だったらしいが、国民からの要望で、誰でも参列できる葬礼の場が用意された。

ルーカスの人望が窺《うかが》い知れる。聡明《そうめい》な彼に、みな期待していたのだ。ニーナが広場へ向かう間にも、惜《お》しむ声がほうぼうから聞こえてきた。

黒一色の喪服《もふく》に身を包み、黒いベールで顔を覆《おお》ったニーナは、両親とともに別れの場に向かっていた。サンドラも一緒だ。

足取りはどうしても鈍《にぶ》くなる。彼の死を受け入れられていないのに、窒息《ちっそく》してしまいそうなほど心は重苦しかった。

奇妙な感じだ。現実じゃなく、夢のなかを歩いているような。それもとても静かで、なおかつひどく悪い夢だ。

歴代の王の銅像の横を通って、広場の中央へと向かう。豪奢《ごうしゃ》な宮殿の建物に囲まれた広場は、普段とはまったく違った様子だった。

眩暈《めまい》がするほど広大な場所が、黒ずくめの人々で埋《う》まっている。中央にはたくさんの花を使って立派な祭壇《さいだん》が設《もう》けられ、美しくもしめやかな雰囲気《ふんいき》を漂わせていた。

その奥に、王家の紋章《もんしょう》の入った大きな天蓋《てんがい》が張られ、王族が控《ひか》えている。いちばん目立つところに玉座《ぎょくざ》が置かれ、王が腰かけているのが遠目でもわかった。

気分が悪くなる。

真相は闇《やみ》のなかだが、ルーカスが死んだとしたら彼のせいに決まっているのだ。

我知らず、サンドラの腕を掴む手が震えていた。ニーナは国王から顔を背《そむ》けて、サンドラに導かれるままに祭壇へ向かって歩く。

広場に集まった人々は一様に深い哀《かな》しみの表情で、清楚《せいそ》な百合《ゆり》を手向《たむ》けている。

祭壇の前に置かれたルーカスの柩《ひつぎ》へ――。

焼死で、状態が悪かったから蓋《ふた》を開けることはないと誰かが言っていた。

吸い寄せられるように柩を見つめたニーナは思わずひゅっと息を呑《の》んだ。視線の先の柩は、まるで宝石のように綺麗《きれい》だった。黒色が、怖いくらいに艶《つや》めいている。

美しすぎて、涙が出てくる。

本当に、このなかに……。

途端に胸が痞《つか》えてよろけそうになったニーナの細い身体を、サンドラがしっかりと受け止めてくれた。

両親が心配げな表情を向けてくるから、大丈夫だと囁《ささや》いた。けれども足が震えてしまって、これ以上柩に近づくのは無理だ。

ニーナは百合を両親に託してその場に残った。サンドラが、しっかりと身体を支えながら手を握っていてくれる。

「お気を確かに、ニーナさま」

そう言われても、ニーナは葬儀を目の前にして周囲の雰囲気にすっかり呑《の》まれてしまっていた。

いくら受け入れ難《がた》くとも、現実にこうやってルーカスの弔《とむら》いが行われているのだ。

絶望のなかに沈んでいくのがわかった。

ルーカスはもう、この世にいない。

二度と会えない――。

深い闇のなかに放り出されたような気分だった。

おごそかな雰囲気のなか、儀式は淡々と進んでいく。

いつしか柩は、ルーカスを思う人々の手向けた白い花に隠されるほどになっていた。心を打たれる光景だ。

ニーナは目を閉じて、思いを馳《は》せた。小さなルーカスとの、池のほとりでの出会い。大人になった彼に助けられたこと。泉での語らい。彼の微笑《ほほえ》み。

いつだってすぐに胸に浮かべることができる、黒くしなやかな髪と、ため息がでるほど魅力的な金色の瞳《ひとみ》の際立った輝き。

溢《あふ》れては流れる涙もそのままに、ニーナは思い出のなかに逃げ込んでいた。

「ニーナさま。陛下《へいか》がご挨拶《あいさつ》をされるようです」

サンドラに耳打ちされてもまだぼんやりした気分だった。胡乱《うろん》な目を天蓋へ向ける。立ち上がった王が数名の側近を引き連れて、群衆が囲む祭壇のほうへと歩いてきた。

「本日はルーカス王子、いや、わが弟のためにお集まりいただき感謝する」

柩の傍《そば》で立ち止まり、王が話しはじめる。仕草ひとつひとつに傲慢《ごうまん》さを滲《にじ》ませる彼は、神妙《しんみよう》な表情を見せながらも、どことなく生き生きとした様子だった。

自分以外にも、そう思っている人がたくさんいるとニーナは確信していた。王が殺したとまでは考えなくとも、ルーカスの死を王が喜んでいるだろうことは、ルーカスに処された不可解な謹慎《きんしん》などから、みなわかっているのだ。

それでも、王に楯突《たてつ》くことなど誰ひとりできるはずもなく、祭壇を囲む聴衆は黙って演説に耳を傾けていた。

「弟は謹慎中ではあったが、私はもう、そんなことは気にしていない。だからこのような儀式を執《と》り行うことにした」

恩着せがましい物言いに気分が悪くなる。もう耳を塞いでしまいたかった。

「こんな結果になって、大変残念に思っている。私にとって弟は唯一無二《ゆいいつむに》の存在だった。私には弟の力が必要だと思っていた。なのに……」

わざとらしく言葉をつまらせ、俯《うつむ》き加減《かげん》になる。

「だが、このようにたくさんの方たちに見送ってもらって、弟も救われることだろう。不幸な事故だったが、どうか彼には安らかに眠って欲しい」

群衆を見渡した王が、恭《うやうや》しく両手を組んで祈りの仕草を見せた。

その、次の瞬間だった。

「申し訳ないが、私が永遠の眠りにつくのはまだまだ先だ」

突然響《ひび》いた凛《りん》とした声に、みな唖然《あぜん》となった。一同は動揺し、辺りを見渡す。

ニーナは大きく目を瞠《みは》った。どくんと、強い鼓動《こどう》が胸を打ちつけた。

その声を、聞き違えるはずがない。

「あなたにはとても不都合でしょうが」

振り返った人々から、ざわめきが広がっていく。

群衆の後ろ、広場の入り口に建つ前王の銅像の前に、ルーカスが立っていたのだ。

彼の姿に、その場にいた全員が困惑《こんわく》する。参列者たちは茫然《ぼうぜん》となり、王の側近たちはどうするべきか迷い、王は明らかに硬直していた。

ニーナは驚愕《きょうがく》と感動でいっぱいになった胸を押さえたまま、思わず隣に立つサンドラを見た。

彼女もニーナ同様に驚いている。

――生きている!!

ルーカスは落ち着いた足取りでこちらへ向かって歩いてくる。

しなやかな長身。以前より短くなった黒髪は相変わらず艶《つや》めいて、黒い衣装がよく似合っている。精悍《せいかん》でありながら、人を魅了《みりょう》するあでやかさも感じさせる。

そして、近づいてくるにつれはっきりとわかる、彼特有の金色の瞳。

本当に、本当に彼なのね……。そう思ったら、熱いものが込み上げてきた。

せっかく彼の姿を見ることができたのに、それは潤《うる》んだ視界のなかでぼやけてしまう。

人々はごく自然にルーカスのために道を開けた。大勢の人たちの視線を浴びながら、彼は颯《さっ》爽《そう》と歩いていく。

「私は生きているんです。兄上」

柩の前まで行くと、ルーカスはそう言い放った。

「お、おまえ……なんで……」

茫然となっていた干が、ようやく正気に返って上擦《うわず》った声を出す。その目には、驚愕と怯《おび》えがはっきりと映っていた。

「こんなに盛大に弔《とむら》っていただいて恐縮《きょうしゅく》です」

祭壇を眺《なが》める黒衣のルーカスは堂々とした佇《たたず》まいだった。

「うまく殺したとお思いでしたか？」

ルーカスの不敵な口ぶりに、参列者たちはいっせいにどよめいた。王も明らかに顔色を変えたが、それでも彼は平静を装った。

「何を言っているんだ？」

「残念ながら、あなたが差し向けた賊は私が捕らえました。今はこのなかにいます」

ルーカスが目で示したのは柩だった。王は目の前にある柩とルーカスを見比べて、信じられないという顔をする。

「い、意味がわからん。私はただ、おまえが火事で……。そうだ。火事は実際に起こったと聞いた……」

「門衛《もんえい》から連絡を受けたんですか？　はい。確かに燃やしましたよ。使っていない厩舎《きゅうしゃ》を」

「燃やした？」

「どうせ古くなっていましたからね。焼死なら、柩の中身を偽装しやすかったもので」

険《けわ》しい表情をした王は「まさか」と呟きながら、白い百合に囲まれた黒い柩を凝視した。

死んだことにするのはなかなか大変だったとルーカスは苦笑して、賊のふりをして王に手紙を書いたことを明かした。

手紙には、任務は完了したが負傷したためしばらく帰れない旨《むね》を書き、ルーカスの死を裏づける品を同封したと彼は言う。

「私の髪と、ある事件の証拠」

その言葉に、王は今まで以上の動揺を見せた。だがすぐに気を取り直したように、ぴんと背筋を伸ばしてしらばくれる。

「賊とか事件とか、私には一体なんのことだか」

「証拠は処分したからもう大丈夫だ、とでもお思いですか？」

ルーカスは懐《ふところ》から一枚の紙を取り出した。それを広げて、向かい合う王に見せつける。

「証拠は、ここにあります。手紙に同封したのは偽《にせ》ものです」

一旦《いったん》言葉を切ってルーカスはくるりと身体を反転させ、集まった人々に対して手にした紙を掲げて見せた。

「これこそが、連続する誘拐事件を解決する証拠です」

唖然としたまま王と王子のやり取りに見入っていた参列者たちが、いっせいに息を呑んだのが伝わってくる。当然の反応だった。何せ誘拐事件は、長い間国内を騒がせているのだ。

ニーナも緊張していた。

「この紙には、二カ月前行方不明になった男爵《だんしゃく》令嬢の名前と、彼女が姿を消した日付が記されています」

「だ、だからなんだと言うんだ？」

「日にちだけでなく、ここには時間まで書かれている。なんの時間か？　令嬢が連れ去られた時間です。しかし、彼女が攫《さら》われた時間など誰が知っているというんでしょうね。その場にいた全員が口を揃《そろ》えて、気がついたらいなかったと証言しているのに」

新たなざわめきが起きた。聴衆はひそひそと話し合ったり、隣の人と顔を見合わせたりしている。

先ほどまで粛々《しゅくしゅく》と追悼式が行われていた広場が、いつのまにか裁判の場に変わっていた。

「どうしてそれが攫われた時間だと言える？」

尋《たず》ねたのは王だった。不遜《ふそん》な態度は、どうせ答えられまいと思っているらしかった。けれどルーカスは僅《わず》かに口角を上げる。

「証人がいるんですよ」

彼がそう言うと、集まった群衆のなかから見覚えのある男女が一歩前へ出た。それはニーナが誘拐された夜、舞踏会《ぶとうかい》を開いていたキンブリー伯爵《はくしゃく》夫妻だった。

彼らはステファンに背中を押されて、ルーカスと王のいるほうへおろおろと歩いていく。ふたりとも今にも泣き出しそうな表情を浮かべている。

柩の前まで来ると、ステファンに促《うなが》された白髪のキンブリー伯爵が群衆に向かって話しはじめた。

「か、紙に書かれている時間は、確かに令嬢を誘拐した時間です。……私どもがその時間に、眠らせた女性をこっそり馬車へ運び込んだんです」

大きなどよめきが起こった。ニーナも信じられぬ思いで彼らを見た。

彼らは由緒《ゆいしょ》ある家系の紳士《しんし》と淑女《しゅくじょ》で、数々の褒章《ほうしょう》も授かっていた。さらには困っている人々に積極的に手を差し伸べる篤志家《とくしか》としても有名だった。

しかしながら、ニーナが彼らの邸《やしき》で眠らされ連れ去られたのも事実。彼らが協力していたとしたら辻褄《つじつま》が合う。

嫌疑と非難の目が、いっせいに夫妻へ向けられる。

「本当に……申し訳ありません。どうしても逆らえず……」

痩《や》せた伯爵夫人は、今にも倒れてしまいそうなほど青い顔をして言った。

「息子が借金を作って、そのことで脅《おど》されて……許されざることとはわかっていたんですが……」

言葉をつまらせる夫人は身体を震わせていた。隣に立つ伯爵もひどく小さく見える。気の毒なまでの憔悴《しょうすい》ぶりだ。彼らは本当に言いなりにさせられていただけなのかもしれない。

「代々王家に仕《つか》えてきた伯爵に、そんな命令ができる人物は限られていますよね？　私には、あなた以外考えられないと思えるのですが？　陛下」

真っ直ぐに王に向かっていくルーカスの声は硬く、低い。彼は冷静に見えるけれど、内心はとても怒っているのだとわかった。全身に静かな気迫が漲《みなぎ》っていた。

ただならぬことになって、ルーカスと王を囲む人々はみな固唾《かたず》を呑《の》んでいた。だが王はむしろ開き直って、傲慢《ごうまん》に顎《あご》を反《そ》らす。

「私が彼らに誘拐をさせたとでも言いたいのか？　ばかばかしい」

態度とは裏腹に、声が揺れている気がした。

「この紙に書かれた文字は、あなたの筆跡《ひっせき》と重なります。癖《くせ》が見事に一致している。調べればすぐにわかることだ」

ルーカスが淡々と返すと、王は忌々《いまいま》しげな顔をした。

「そ、そんなものはいくらでも捏造《ねつぞう》できるだろう？　誰かが私を嵌《は》めるために……」

王は急に何かを思いついたような表情になり、にやりと笑って口髭《くちひげ》を撫《な》でた。

「私の筆跡を真似《まね》るくらい、弟のおまえならきっと簡単だ。違うか？　ルーカス」

ルーカスはしばらく無言で王を見据えていた。そして、深いため息をつく。

「あくまで白《しら》を切るつもりですか？」

そう言って、彼がちらりと参列者のほうへ視線を寄越《よこ》したのと同時くらいに、上擦《うわず》った女性の声が上がった。

「ち、違います！　誘拐、したのはルーカス殿下《でんか》ではありません」

声の主はニーナの傍にいた。ひとりの令嬢が、両親に支えられて必死に何かを訴《うった》えようとしていた。

「殿下は、私を助けてくださったんです。きゅ、宮殿の地下から。私、そこに閉じ込められていて……」

王の顔色が明らかに変わったのが見て取れた。

「……私、私を攫ったのは……陛下、です……。ご自身が、そう……おっしゃっていました……」

そこまで言って、耐えきれなくなったように彼女は項垂《うなだ》れる。両親に労《いた》わられ、両手で顔を覆《おお》う姿が痛々しい。

「彼女が誘拐されたのは、兄上が私の死の連絡を受ける直前だったみたいですね。忙しくなったあなたは幸い彼女には手を出していない。だが、攫われ、監禁《かんきん》されただけでも相当な恐怖だったでしょう」

心底苦しそうに、ルーカスは言葉を吐いた。

「他にも十名近くの女性を保護しましたが、みな心に深い傷を負っていて、とても証言できる状況ではありませんでした」

その言葉に、ニーナは大きく身震いした。ルーカスに助けてもらっていなければ、自分も同じ目に遭《あ》っていたのだと思うと、決して他人事《ひとごと》とは思えない。

「わ、私は無関係だ。全部、全部おまえが仕組んだことだろう？　ルーカス。その女も伯爵夫妻も共謀《きょうぼう》だ。グルになって誘拐事件を起こし、その罪を私になすりつけようとしているんだ。これは反逆だ！」

「……なるほど」

ルーカスは一瞬表情に激昂《げっこう》を滲《にじ》ませたが、すぐに冷静を取り戻した。

ニーナは心細げな顔でルーカスを見つめていた。もちろん彼が正しいことはわかっている。王も、最早《もはや》言い逃れのできる状況じゃない。それでもなお厚顔無恥《こうがんむち》な王に、おののきを感じた。

「誘拐の指図はしていないと？」

ルーカスは落ち着き払った声で尋ねた。

「当然だ」

「私に賊を寄越した覚えもありませんか？」

「無論」

「では、賊からの手紙を受け取ってもいない？」

「くどいな。そんな怪《あや》しげな手紙など受け取るはずがないだろう！」

矢継《やつ》ぎ早《ばや》の追及に、王が苛々《いらいら》して声を荒らげる。

「ならば、よかった」

ルーカスの言葉は短かったが、ひどく含みがあった。

「何が言いたい？」

王もいやな予感を覚えたらしく、さっとルーカスのほうへ目を走らせた。

ルーカスは緩慢《かんまん》な仕草で証拠の紙を懐にしまいながら、「手紙に触れてなければ心配不要です」とだけ述《の》べた。王は苛立たしげに眉《まゆ》を顰《しか》める。

しばしの間取り澄ましたルーカスを黙って睨《にら》んでいた王だったが、とうとう我慢も限界に達したらしく、ついに口を開いた。

「触っていたらなんだって言うんだ？」

「触っていたら？　じきに死ぬでしょうね」

ルーカスがあまりにこともなげに言ったので、一同は呆気《あっけ》に取られた。いち早く意味を理解したのは王だった。彼はみるみる顔をこわばらせていく。

「ど、どういう意味だ？」

「手紙のなかに毒を仕込んでおいたんです。何せ、私を殺しにきた賊の雇い主に宛《あ》てた手紙でしたからね。じわじわと身体を蝕《むしば》んでいく遅効《ちこう》性の毒で、効果が表れるとしたらそろそろでしょうか。しかし兄上は気にしなくて大丈夫ですよ。手紙を受け取っていないんですから」

淡々と語ったルーカスは、話は終わりだとばかりにお辞儀《じぎ》をして王に背を向ける。その仕草は目を瞠《みは》るほどに優雅だった。

「ま、待て！」

王は震える手を伸ばした。ルーカスがゆっくりと振り返る。

「ど、毒というのは――」

「ですからそれは陛下がお気になさることでは――」

「本当に、毒なんか……嘘だろう？」

「どうして嘘だと思うんです？　私は殺されかかったんですよ？　報復しようと思うのは自然なことでしょう？　たとえ相手が誰であれ」

「そんな！　信じられん！　嘘だと言え、ルーカス」

王は、自分の立場など忘れてしまっているように見えた。もう彼が王だとは見えなかった。きっと誰の目にも、同じように映っていただろう。

真実を暴《あば》かれることに怯《おび》え、毒の疑惑にうろたえきっている。あまりに哀《あわ》れだ。

それを、ルーカスは黙って見ていた。冴え冴えとした月を思わせる、静かな瞳で。

「だいたい、ど、毒を仕込んだというなら、おまえはまさに反逆者だぞ！」

「反逆？　私が？」

「そうだ！」

「意味がわかりませんね。確かに、万が一王であるあなたが手紙の封を切って中身に触っていたなら、それは反逆になるのかもしれませんが」

皮肉を浴びせられ、王は苦いものを嚙《か》み締めたような顔をしてその場にへたる。慌てて側近たちが身体を支えた。

「し、死ぬのか⁉　私は！　解毒剤《げどくざい》は、解毒剤はないのか⁉」

王は、本当に毒を盛られ今にも卒倒《そっとう》してしまうのでは思わせるほど、顔を青くして全身をわななかせていた。

「手紙を受け取ったんですか？」

そんな兄の姿を前にしても、ルーカスは恐ろしいほどに冷めていた。

「ルーカス！」

「賊から来た怪しげな手紙を？」

「いい加減にしろ！」

「罪をお認めになるんですか？」

「ルーカス！　解毒剤を出せ！　持っているんだろう！」

喚《わめ》く王を、ルーカスはじっと見つめる。しばらくの間、膠着《こうちゃく》した状態が続いた。

だがやがて王が、奇妙に顔を歪《ゆが》めてふふっと力なく笑った。広場は緊張感に満ちた沈黙に包まれる。

「ああ、そうだ。……おまえの言うとおりだ」

項垂《うなだ》れた王は、石畳《いしだたみ》に両手をついた。そうして、忌々《いまいま》しげに地面を引っ掻《か》く。

「おまえを殺そうとしたのも、女たちを攫うよう指示したのも……すべて私だ」

王の告白を受けても、広場は完全な静寂が支配し、ざわめきさえ起こらなかった。

王の大罪が国民に与えたショックは、それほど大きかったのだ。

「一体なんのために……」

ルーカスの呟きは、問いかけというより嘆《なげ》きだった。それに、王が想像を絶する答えを返した。

「あの女たちが、おまえに夢中だったからだ、ルーカス。あいつらは、社交界に出ないおまえのことばかり噂《うわさ》する女たちだった。謹慎にしてやってもなお、おまえを支持し、おまえの復帰を願っていると公然と口にするような莫迦《ばか》なやつらだ」

ルーカスは絶句していた。当然、その場にいた全員、信じられぬ思いだった。

「……まさか、それだけで？」

「それだけ？　私にとってはそれだけなんてものじゃない。いつもいつもおまえと比べられてきたんだ！　みんなルーカスルーカスとうるさいなかで生きてきた！　おまえに抱かれたがってる女を踏みにじるのはせめてもの復讐《ふくしゅう》だ！」

王は乱心したかのように感情をぶちまけていた。おぞましいほどの嫉妬《しっと》に、ニーナはこちらまで気がおかしくなりそうだと感じた。

なんという陰惨《いんさん》さ――。

なんという、不幸……。

「これでいいだろう！　早く解毒剤を寄越せ！」

つめ寄る王を、ルーカスは形容しがたい表情で見下ろしていた。軽蔑《けいべつ》と憐《あわ》れみと切なさが混じっている。

「ありませんよ。……そもそも、毒など仕込んでいませんから」

その一言に、王は憤怒《ふんぬ》するかと思った。だが、意外なことに笑いだした。その笑い声はあまりに異様で、ニーナは身体も表情もこわばらせた。

「大したものだな、ルーカス。おまえこそ嘘をつき、人を貶《おとし》め、挙句《あげく》死んだふりまでして！　これは神への冒瀆《ぼうとく》ではないか！」

王の言葉を、ルーカスは静かに受け止めた。

「確かにそのとおりです。だからこそ今後は命を捧《ささ》げますよ。神に、そしてこの国に」

堂々と言い放った彼は、とても輝いて見えた。それこそ神に祝福されているように、美しかった。

「あなたには正式な裁判を受けてもらいます。それまでは、どうぞ地下でお過ごしください。誘拐された彼女らのように」

その声は、氷柱のように冷たく鋭《するど》かった。きっと王の胸に突き刺さったはずだ。

側近たちによって、虚脱《きょだつ》した王が連れ去られていく。側近たちの表情は複雑だった。

ルーカスの瞳は去っていく兄をじっと見つめていた。深い琥珀《こはく》は、哀しんでいるようにも見える。

最も複雑なのは、彼だろう……。

その証拠に、すべてことがうまく運んでも彼は笑えないのだ。

だがルーカスはすぐに姿勢を正した。彼の視線の先に建つ、歴代の王の銅像をじっと見据えてから、威風堂々《いふうどうどう》と聴衆に向かって語りかける。

「改めて、みなには謝らねばならない」

凛《りん》とした声が、波乱の過ぎ去った広場に響き渡った。

「動揺させ、混乱を招き、それに兄のこと……。申し訳なく思っている」

神妙な面持ちのルーカスに対し、非難の目などいっさい向けられなかった。

「ご覧《らん》のとおり、兄は裁判にかけられる。有罪になれば、継承権を持つ私が王位に就《つ》くことになるだろう」

おお！　というどよめきが湧《わ》く。期待の声だ。

もともと、優秀なルーカスは国民からの信頼も厚い。ましてや目の前で王の大罪を暴く姿を見せられたのだ。みな、彼が王になることを歓迎《かんげい》するに決まっていた。

「どうか安心して欲しい。私が王になれば、必ずこの国を明るいほうへ導いてみせる」

ルーカスは胸を張る。すでに王の威厳《いげん》をまとって見える。

「そのための考えがある。まずは放置されている土砂災害対策を急ぎたい。そのために植林し、堤防を築《きず》こうと思う。適切な治水《ちすい》も必要だ。そうして、みなが安心して暮らせる国の土台を作る。もちろん時間はかかるだろう。歪《ゆが》まされた政治を立て直すのに苦労を要することも覚悟している。しかし、私は必ずや成し遂《と》げてみせる。だからどうかみなも協力して欲しい！」

ルーカスの演説は、衝撃に囚《とら》われていた人々の心を一気に鷲掴《わしづか》みにした。全員が、ルーカスの言葉に聞き入っている。

とうとう彼は王さまになるのだ。

ニーナは改めて宮殿を見上げた。彼はこの広大な敷地を持つ壮麗《そうれい》な宮殿に身を置いて、国民を率い、国を守る。

約束を、果たしてくれたのだ――。

そう実感すれば、言い知れぬ感動が湧き上がる。胸がいっぱいになって、こんな日が来るなんて夢みたいだとも思う。

けれど同時に、どうしたって寂しいと思ってしまう。

遠い人になってしまうのだ。本当に手の届かない人に……。

閉じ込めたはずの想いが溢れて、堰《せき》を切ってしまいそうになった。

「少し、ひとりになりたいわ」

ぽつりと言い、ついてこようとするサンドラをその場にとどめておいて、ニーナは静かに広場を離れた。


空を見上げたニーナは、今ようやく今日は晴天だったことを知った。宮殿へ向かう間も広間についてからもずっと茫然としていて、天気を気にする余裕などなかった。

花の香りをいっぱいに含んだ風が吹いてくる。目の前の池が、柔らかな模様を作った。揺れる水面は春の日差しに、優しく輝いている。

そういえば、ルーカスと初めて出会った日もよく晴れていた。

改めて見渡してみると、宮殿の裏庭は十二年前と変わっていない。季節が若干《じゃっかん》早いだけで、広々とした開放感も、池の色も、そして可愛《かわい》らしい東屋《あずまや》も当時のままだ。

あの白い柱の陰《かげ》で泣いていた、幼《おさな》い頃のルーカスの姿が思い出される。記憶は、以前よりも眩《まぶ》しさを増していた。

たくさん話をしたし、一緒に池も眺めた。手を繋いで、約束もした。

ニーナは、左手の薬指を見つめる。

「約束は、叶《かな》えられたのね」

呟くと、胸の奥から切なさが込み上げてきた。

眉根を寄せ、両手を口元にあてる。みっともなく泣き声を上げてしまいそうだった。

素直に祝福できない自分がいやだった。せっかく約束を叶えてくれたのに、心から喜べない自分が哀しい。

ニーナは背筋を伸ばして、息を吸う。歌をうたおうと思った。

真っ先に思いついたのは、十二年前ここで歌った月に恋する夜顔の歌だ。

「いつだってあなたを見つめているわ。とてもとても綺麗な色のあなたが好きなの。だけど今夜も届かないのね。そうして朝がやって来てしまうのよ」

今初めて、ニーナは歌の主人公である夜顔の気持ちを理解できたような気がした。彼女の切ない想い、焦《こ》がれる恋心が痛いほどにわかる。

「ルーカスさま……」

消え入りそうな声で呟くと、苦しいほどの想いが溢れ出してしまう。

好きで好きで、どうしようもない。

「……ルーカス、さま……」

唇を強く嚙み、声を押し殺して涙を流していると、ふいに人の気配を感じた。

慌てて涙を拭《ぬぐ》ってその場を離れようとしたが、ぐいっと腕を引かれる。

驚いて見ると、そこにルーカスが立っていた。心臓が止まるかと思った。

「何をしているんだ、ニーナ」

ルーカスは、怪訝《けげん》な顔で見つめてくる。顔を隠している黒いベールを上げて、しっとりと濡れたニーナの頬に手をあててきた。

「なぜこんなところで泣いているんだ？」

「あ、あの……」

予想外の事態に取り乱したニーナは、反射的に逃げようとした。するとますます相手は訝《いぶか》しむ。

「一体どうしたんだ？」

ニーナの腕を強く掴んで、彼は真っ直ぐに見据えてくる。その深い金色の瞳に、胸が壊れんばかりにときめいた。

琥珀の瞳、短くなった漆黒《しっこく》の髪。ルーカスが間近にいるのだと意識したら、新たな涙で視界が奪われる。

「ルーカス、さま……」

思わず名を呼ぶと、相手は苦笑を返してくる。

「そんな目をするのに、なぜ私から逃げようとするのか理解に苦しむ」

彼はニーナの身体を引き寄せ、抱き締めてきた。

彼の体温と、凛とした香りを感じて、もう何も考えられなくなった。

ここがどこだとか、彼の立場とか、どうでもよくなってしまう。

このままずっと、抱いていて欲しい。ただそれだけが心を占める。

「ルーカスさま、ルーカスさま」

他の言葉を忘れてしまったように、ニーナは彼の腕のなかでそう呟き続けた。こんなにも想いが募っていたのかと、自分でも驚くほどだった。

死ぬほど恋しかった――。

「ニーナ」

耳元で低く名前を呼ばれ、それだけで身体が震えた。

「ルーカスさま……」

顔を上げると、突然唇を奪われる。

「んっ……ふ、ぅ……んっ」

無遠慮に押し入ってきた熱い舌にいきなり激しく口腔《こうこう》を掻《か》き回されて、意識までもさらわれそうになる。

ニーナはルーカスの袖を両手で掴んで、くちゅりと舌を吸われるたびに肩を小さく跳ね上げた。

キスと同時に、黒いドレスの背中や腰を撫でられる。身体がぞくりとしたのを感じて、ニーナは戸惑《とまど》った。

「あっ、う……ルーカス……さ、まっ……」

言葉を紡《つむ》ごうとする唇を、彼は甘く噛《か》んでくる。じわじわと身体が熱をこもらせていくから困った。

そしてくちづけは徐々《じょじょ》に下りていく。彼の唇が胸へ向かう。

「だ、だめです。こんなこと」

ニーナは胸を庇《かば》った。

「なぜだ？」

「なぜって……」

ひとりきりで池を見ていた時の切なさが、また心に飛来する。

「あなたは……王になられる方です」

そう言うと、ルーカスは不可解そうな面持ちになった。

「だったらなんなんだ？」

彼の言葉に、今度はこちらが困惑させられる。改めて問われても、どう答えていいかわからなかった。

けれど以前のように振る舞うことが許されないのは確かだ。ましてやこんな場所でキスなど……。

我に返り、自分のしでかしたことに青ざめる。ふらつきそうになった身体を、ルーカスが抱きとめた。

「ようやく約束を果たせたんだぞ？　ニーナ」

「……はい。嬉しく思っています」

それは本当だった。仮に、ルーカスが王になることをやめるとなれば哀しい。

「王になったら、おまえは私を嫌いになるのか?」

「まさか嫌いになんて――!」

思わず大きな声を出してしまった。するとルーカスはふわりと微笑んだ。

「私だって、王になるからといっておまえに対する気持ちは変わらない」

「……気持ち、ですか?」

ニーナはおずおずとルーカスを見上げた。彼が自分をどう思っているのかは、今でもずっと気になっている。

優しくされていたと思えば、冷たく突き放されて、そして今、またキスをされ……。

青い瞳は不安に揺れる。その目元にそっと触れてきてから、彼は言った。

「ああ。おまえに対するいとおしさだ」

温かい声音《こわね》に、一瞬我を忘れた。

「な、何をおっしゃって……」

心が勝手に舞い上がってしまった。

けれどもニーナはすぐに俯く。頭に浮かんでいたのは、城を出ていくことを命じられた時彼に言われた言葉だ。

『おまえがいないほうがいい』とはっきりと告げられたことはいまだにしっかり胸に残って、

ニーナを苦しめている。

「私は、ルーカスさまのお邪魔《じゃま》になるんでしょう？」

「邪魔？」

ルーカスは怪訝な顔で首を傾《かし》げる。

「……だって、私を追い出そうとなさいました」

寂しさが甦《よみがえ》り、つい拗《す》ねたような口調になってしまった。そんな自分が恥ずかしく、ニーナはいっそう深く頭《こうべ》を垂《た》れる。

「いないほうがいいと……」

するとルーカスは優しく頬を撫でてきた。

「私の言い方が悪かったんだな」

彼はニーナの顎に手を添えて上向かせた。潤んだ瞳で見上げると、そっと瞼《まぶた》にキスをされる。

「おまえを守りたかっただけだ」

彼の金色の瞳は、じっと揺らがずにニーナの目を見つめてきた。言葉以上にその眼差《まなざ》しに、心が揺さぶられる。

「誘拐の証拠を摑んだからには、兄のほうからも何かしかけてくるかもしれないと思った。だからなるべく早くおまえを城から離れさせようとしたんだ」

ルーカスはニーナの身体を抱き寄せた。ニーナはされるがまま、彼の胸に頬をあてた。聞こえてくる鼓動《こどう》が、温かな音に感じた。

「私にとっても、おまえを手放すのは苦しい決断だった。それでピリピリしていたんだろう。万が一計画がうまくいかず、二度とおまえに会えなくなったらと考え、随分《ずいぶん》悩んでいたからな。いっそおまえを連れて逃げてしまおうかとも思ったくらいだ」

ルーカスが苦笑する。彼がそんな迷いを抱いていたなんて、想像もできなかった。けれども、考えてみれば彼がやり遂《と》げたことはそれほどとてつもない。

「ごめんなさい。私、自分のことばかりで、ルーカスさまが大変な時に何もできなくて……」

萎《しお》れると、抱き締めてくる腕に力が込もった。

「何を言っている？　おまえが、私の背中を押してくれたんだ」

顔を上げると、彼は柔和《にゅうわ》に微笑んだ。

「おまえが子供の頃の約束を思い出させてくれたから、決心がついたんだ。なんとしても、王になろうと。国を、多くの人を守るためにな」

意外な言葉にきょとんとなってしまう。ニーナはただ、昔の約束を口にしただけにすぎない。けれどもそれが役に立ったのなら、純粋に嬉しかった。

「ニーナ」

優しく名前を呼んできたかと思うと、ルーカスはニーナの黒い手袋を外す。そうして、懐から何かを取り出した。

それは、思わず息も止めてしまうほど美しい琥珀を頂《いただ》いた指輪だった。

つるりとした楕円形《だえんけい》の琥珀を、丸い小さな琥珀が取り巻き、豪華な花をかたちづくっている。使われている石はすべて透明度が高い。深い色合いだけれども光を受けると月色に変わる。吸い込まれそうなほど綺麗な色だった。

ぼんやり見惚《みと》れているうちに、ルーカスが指輪をニーナの指にはめてきた。

「こ、これって……」

左手の薬指に光る指輪を凝視し、固まってしまう。ルーカスがふっと笑って、囁いた。

「もちろん。プロポーズだ」

今までにないくらい、どきんと大きく心臓が飛び跳ねた。世界がひっくり返ったのかと思うほどの衝撃だった。

「そんな、でも……」

戸惑いの声を出すと、ルーカスは不服そうな顔をした。

「嬉しくないのか？」

「う、うれ、嬉しいですけど」

素直な言葉を口にしてしまい、途端顔が熱くなる。そんな様子を、ルーカスが微笑ましげに見つめてくる。

「けど、なんだ？」

「信じ、られなくて……」

「なぜだ？」

訊《き》かれて、ニーナは迷いながら小さな声で告げた。

「その……言葉を、聞いていません、から」

「言葉？」

彼が本当にわからないという顔をするので、ニーナはますます小さくなりながら言った。

「す、好きだとか……そういう……」

言ってから、穴にでも入りたい気持ちになった。だけどもどうしても聞きたかったのだ、彼の口から。

もじもじしながら返事を待っていると、ルーカスが小さく笑った。嘲笑《ちょうしょう》されたのかと思って傷ついたが、顔を上げると彼は思いのほか切なげな表情をしていて驚く。

「言っていなかったな、そういえば」

金色の瞳が、崇高《すうこう》な光を帯びる。

「好きだ。ニーナ。ずっと言えなくてすまなかった。本当は初めて会った日から、おまえを想《おも》い続けていた」

ニーナは瞳がこぼれ落ちそうなほど目を瞠《みは》って、声も出せなかった。

──初めて会った、日から……？

まさかそんな言葉を聞くとは思っていなかった。

「だけど私はこういう立場で、兄もいた。兄は私の大事なものを奪ったり、壊したりするのが好きだったから、おまえに何かされたらと思うと怖くて……。おまえに会うこともできなかった」

ルーカスが王子さまだから会えない。その程度にしか考えていなかった。そして、自分ばかりが恋しさを感じているような気でいた。

「いつか必ず迎えに行こうと思っていた。やっと叶ったんだ。ニーナ」

いとおしげに名を呼ばれ、唐突に涙が込み上げてきた。涙腺《るいせん》が壊れてしまったみたいに、涙がとうとうと流れる。満たされすぎて、幸せが溢れてしまったのだと思った。

「本当、に……？」

くしゃりと顔を歪《ゆが》ませるニーナの唇に、そっとルーカスの唇が触れてくる。まるで誓いのキスのようで、さらに感極《かんきわ》まってしまう。

「これからは何があっても傍《そば》において、私がおまえを守る。だからおまえは永久に私の妻だ。いいな?」

自信満々な台詞《せりふ》がルーカスらしい。それが、気を失いそうなほど嬉しい。

ニーナは瞳を揺らしながらも、しっかりと頷《うなず》いた。

「うう……あっ……ん、あ……」

首筋を艶《なまめ》かしい動きで舌《した》が這《は》い、ちゅく、と音をたてて柔肌《やわはだ》を吸われ、ニーナは甘い声を洩《も》らし続けていた。

背後から回されたルーカスの両手が、露《あらわ》になった胸をやんわりと揉《も》んでいる。彼の手のひらのなかで、胸の先が擦《こす》れて硬くなっていく。

プロポーズを受け入れたニーナは、すぐさまルーカスがかつて使っていたという部屋に連れ込まれた。

とても広い部屋は、金で装飾された白い壁に囲まれている。天井《てんじょう》も豪奢《ごうしゃ》に飾られている上、透き通ったガラスと、金でできたシャンデリアがかかっている。

それらは眩《まばゆ》いばかりなのだが、部屋全体は不思議と上品で落ち着いていた。ベッドの上掛けや長椅子《いす》がすべて深い青色を採用しているからだろう。ほどこされた刺繍《ししゅう》も精緻《せいち》で絢爛《けんらん》でありながら、色合いが穏やかだった。

けれど部屋を細かく観察する時間も与えられず、ニーナは服を剝《は》ぎ取られていった。

今朝喪服に袖を通した時は、まさかルーカスの手でこれが脱がされるなんて思いもしなかった。

まだ昼間の光の差し込む部屋で白い肌を晒《さら》したニーナは、羞恥《しゅうち》に身悶《みもだ》えた。だけども結局、立ったまま後ろから抱かれて触れられて、ルーカスに身を任せることになった。やはり、彼は簡単にニーナを意のままにしてしまうのだ。

「綺麗だ」

ルーカスはほどいたニーナの髪を上げて、うなじにくちづけてくる。同時に片方の胸の粒をきゅっと摘《つま》まれて、痺《しび》れをまとった身体が小さく震える。

「そうだ。おまえにも見せてやろう」

ルーカスがニーナを横向かせる。何かと思って背後を窺《うかが》うと、彼は正面に向かって指を差した。

「ほら」

ニーナは息を呑んで、慌てて顔を背《そむ》けた。壁に貼られた鏡が、ふたりの姿を映していた。意《い》匠《しょう》をこらした金の枠《わく》を持つそれは、背の高いルーカスの全身でさえすっかり収めてしまうほど大きいものだった。

「やっ、おやめ、ください」

だがむしろ彼は、ニーナを連れて鏡へ近づいていく。

「どうして目を逸《そ》らすんだ？　とても美しいのに。おまえが快感に溺《おぼ》れていく様は、恥じらう蕾《つぼみ》が開いて馨《かぐわ》しい花を咲かせるようで、感動的ですらある」

耳元で囁かれる声にはからかいと、情欲が混じっている。そんな声を聞かされたら、どうしたって身体が火照《ほて》ってしまう。

「見るんだ、ニーナ」

「いやっ……」

ニーナはぎゅっと目を瞑《つむ》った。

「もったいないな」

ふっと笑ったルーカスが両方の乳房を持ち上げる。先端を指が掠《かす》め、そのまま触れるか触れないかの愛撫《あいぶ》を繰り返される。淡い悦楽《えつらく》が立て続けにもたらされる。

「あっ、んっ……」

「ほら、硬くなってきた」

ふたつの粒が、やんわりと摘まれたかと思うと、いきなり激しく指を摩《こす》り合わせ、くりくりと捏《こ》ね上げられた。

「ああっ——」

強い痺《しび》れに見舞われ、膝《ひざ》が折れそうになる。よろけて咄嗟《とっさ》に手を伸ばした先にあったのは、鏡だった。

危《あや》うく自分のあられもない姿を目にするところだった。ニーリは俯《うつむ》き全身を赤くした。その色さえも鏡は映しているのかと思うと、消え入りたい気分になる。

腰を抱いてニーナの身体を支えたルーカスが、愉《たの》しそうな声で言う。

「そんなに恥ずかしいか？　欲情した自分を見るのは」

肩口に軽く歯を立てられ、ひくんと肩が弾む。

「ここは、いやです」

視線のやり場に困りながら鏡から離れたいと伝えるが、彼は聞く耳を持たなかった。

腰に腕を回したまま、もう片方の手で胸を可愛がられる。手のひら全体で乳房《ちぶさ》を揺すられながら、頂《いただき》の蕾が優しく押しつぶされる。

「ひ、ぅ……ぁ、はぁ……」

柔らかな膨《ふく》らみが大きな手のひらにしっとりと吸いついて、離れて、また擦り寄って。蕾はいっそう尖《とが》っていく。

「もうすっかり熟《じゅく》したな」

胸の先端を強調するように、彼は膨らみをやんわり摑《つか》んで持ち上げる。鏡を見て言っていることは明らかだ。

「も、もう……」

「なんだ？　見られるのもいやなのか？」

こくりと頷いて身じろぐと、脚《あし》の間でくちゅりと音がした。ぬかるんだ感触に、つい息が洩れる。

「結構なことだ」

身体を密着させられ、接した部分がとろけそうになる。彼はシャツとズボンだけになっていて、シャツも随分《ずいぶん》はだけていた。

「恥ずかしがって、いやだと口にするほうが、おまえは感じるんだからな」

「そんな、ことは……あぁぁん……」

「事実、こんなに淫《みだ》らな姿を見せているじゃないか。今おまえは、恥じらいながら熟《う》れていく様を存分に見せつけているんだぞ？」

胸を大きく揺さぶられ、ニーナは喉《のど》を反《そ》らした。脚がわなないてしかたがない。結局はまた鏡に手を伸ばしていた。

片手を冷たい鏡面につけると、ルーカスの手によってもう片方も同じようにさせられる。

「そうやって、身体を支えていろ」

両手を鏡にあてて身体を突っ張らせるような恰好《かっこう》をとらせておいて、ルーカスはその場にしゃがみ込む。

何をする気かと思った刹那《せつな》、空気に触れると冷たく感じるほど濡れた場所に、突然温かなものが触れてきた。

「ひぁっ！」

ニーナは思わず爪先立《つまさきだ》ちになった。

「そ、そんな……」

触れてきていたのは、ルーカスの舌《した》だった。彼は膝をついて、ニーナの脚の間に顔を埋めている。脚を閉じようにも、彼の手がそれを阻《はば》んでいた。

同時に、空いていたほうの手で腰を摑んで引き寄せられ、尻を突き出す姿になって狼狽《ろうばい》する。

「やっ……だ、め……です……」

身をくねらせると、彼の上品な鼻が濡れきった花弁を押しつぶした。かーっと頭の芯《しん》まで熱くなる。

「口でするのは初めてではないだろう?」

ルーカスは平然と言い放つ。けれども立ったまま恥ずかしい恰好をさせられ、正面には鏡がある。

いくら顔を背《そむ》けていても、そこに悶《もだ》える己《おのれ》の姿が映っているということを、意識せずにいられなかった。

「それにこうされるのが、おまえは好きじゃないか」

じゅ、と音をたてて蜜が吸われる。それだけでは足りないとばかりに、舌が蜜口《みつくち》に差し込まれた。

「あぁっ——!」

蜜口の浅いところで、舌が出たり入ったり。ニーナのなかでわだかまる愉悦《ゆえつ》を引き摺《ず》り出そうとする。

「いや……んっ……」

もどかしげな花びらを指で掻《か》き分けて、ルーカスの舌はさらに奥を探ってくる。無意識に腰を引くと、窘めるように芽を舌で押し上げられて、腰も脚もがくがくとなった。

「だ、め……そん、なの……すごく、熱く……なっちゃ……う」

「とけてしまえばいいだろう?」

　今度は指をなかに挿《い》れながら、舌先で尖りきった芽をつつかれる。さらには強く舌を押しあてられ、ぴちゃりと舐め上げられた。鋭敏な芽は、ニーナ自身わかるほど硬くなって喘《あえ》いでいる。

「ひぁっん……や、やなのぉ……しちゃ、やなの……」

「相変わらずいい声だ。もっと啼《な》け、ニーナ」

　指と舌を巧みに使ってとろけた秘所をぬるぬると嬲《なぶ》られ続けて、両手を鏡についていても身体を支えられなくなってくる。

　一体自分はどんな痴態《ちたい》を晒しているのだろう？　そう思ったら気が遠くなってしまいそうだった。

「はぁ……あぁぁんっ……！」

「舐めても舐めても溢れてくるな」

　意地悪なことを言って、ルーカスはちゅぷちゅぷと音をたてて花びらを食《は》んだ。続けて張りつめた芽に歯を立てられて、甘い疼《うず》きを吐き出すように奥からまたも蜜が流れ出る。

「もう……ゆる、し……て……あぁっ……ふ、ぁっ……」

「そうだな。もう充分だな」

　仕上げとばかりに芽にくちづけて、ようやく彼の唇が離れた。強烈な刺激から解放されてほっとしたはずなのに、蜜をしたたらせている花唇《かしん》は、寂しがるみたいにひくついた。くたりとなった身体に、再びルーカスが背後から重なってくる。

「ん、ぁ……」

布擦れの音がしたかと思うと、脚の間に硬い熱が触れた。

「あぁっ……ルーカス、さま……」

彼の欲望の熱さを感じる。恥ずかしい場所がさらに潤《うる》んでいく。彼が興奮しているのだと知らされると、ニーナも昂《たか》ぶってしまうのだ。

脚の間で、滾《たぎ》った楔《くさび》が行き交わされる。あてられてもいないのに、火照った秘所は切なげにうごめいた。

「私を欲しているのがわかる」

濡れて綻《ほころ》んだ割れ目に指を這わせてきたルーカスに囁かれ、そこがさらに収斂《しゅうれん》した。

「や、だ……あんっ……」

自らのあられもなさに恥じ入ると、後ろでルーカスが笑った。

「本当におまえは身体と口があべこべだな」

耳に甘く噛みついて、彼は指を動かしはじめる。ずくりと侵入してきたそれは、いきなり花びらを捲《めく》り上げてなかへと穿《うが》たれる。律動《りつどう》して襞《ひだ》を煽《あお》りたて、指は二本に増やされる。

二本の指がばらばらの動きで内壁を擦り上げる。花洞《かどう》は悦んで、すぐに指に絡みついた。

「おまえの身体のほうは、私が欲しくて欲しくて堪《たま》らないようだ」

くるくると内壁を掻き回した指が出ていき、喪失感《そうしつかん》に喘《あえ》ぐそこに彼の欲望があてがわれる。

ルーカスにもその音が聞こえてしまったんじゃないかというほど、どくんと大きく胸が高鳴った。

「なんて顔するんだ」

ニーナは反射的に鏡を見てしまい、燃え上がらんばかりに身体を熱くした。すぐに目を逸らしても、淫《みだ》らな己《おのれ》の姿が頭にこびりついてしまった。

上気した肌。ふるりと揺れる胸の膨らみ。それに、今にも開花しそうに色をつけたふたつの蕾。何よりのぼせた自分の顔。

羞恥に涙を浮かべると、慰《なぐさ》めるように首筋にくちづけられる。

「とても綺麗だ、ニーナ」

ニーナは頭を左右に振った。

「私はおまえが乱れる姿が何より美しいと思っている」

ルーカスは滾《たぎ》ったもので秘裂《ひれつ》をなぞりながら囁き、それを徐々になかへと押し込んでくる。

彼が動くたび、迎え入れようとする場所は彼と息を合わせて小刻みに痙攣《けいれん》した。

ぐいっと穿《うが》たれれば悲鳴に似た声が洩れるが、苦痛より愉悦のほうが断然勝っている。

蜜口が満たされていく。

「私にこうされるのを、待ち焦がれていたか？」

「そんな、の……」

わからない。彼のもとを去ってから、寂しくて辛くて恋しくて……。

けれど彼にからかわれてもしかたがないくらい、楔を受け入れている場所はぐずぐずに濡れそぼって、引き伸ばされた襞は彼にねっとりと縋《すが》りつこうとする。

もう二度と、離れまいとするように……。

「はずか……し、い……」

「ああ。もっと恥じらって感じればいい。そうしたら、すごくいい歌をうたうだろう？　おまえは」

常にわななく腰を摑んで揺さぶられ、ニーナはルーカスの望みどおり高い嬌声《きょうせい》を洩らした。

「あっああっ……んっ……」

後ろからぐいと屹立《きつりつ》を突き立てられ、腰があられもなくうねった。

溢れる蜜を掻き出しながら楔が抜かれ、すぐに奥まで一気に貫かれる。先ほどよりいっそう淫らな音が部屋に響いていた。

「いい眺めだ」

腰を打ちつけながら、ルーカスが言う。鏡にはきっと、散々に揺さぶられるニーナの姿が映されている。

「も、う……か、がみ……やだぁ……あんっ」

「見ても、いないのにか？」

「だっ……てぇ……ひぁ、うっ……ルーカス……さま、がぁ……」

奥の感じるところを攻められて、びくんと大きく身が躍る。

「私が見るから？」

「ううっ……んっ、ルーカスさまっ……いな、いっ……からぁ……」

熱い吐息を撒《ま》きながら、ニーナの唇は勝手に言葉を紡《つむ》いだ。気持ちよくてくらくらしながらも、彼の姿の見えない寂しさを感じていたのだと知る。

「可愛い、ことをっ……」

苦しげな息遣《づか》いを聞かせ、彼は屹立を引き出す。大量の愛液がしたたり、とろとろと内腿《うちもも》を伝っていくのにまた煽られる。

ニーナは身体を反転させられ、そのまま柔らかなベッドに押し倒された。

「こうしてするか？　ニーナ」

間近から見下ろしてくるルーカスの瞳の色がいっそう濃くなっていた。まるで琥珀色の焔《ほのお》を宿しているかのように荒々しく、かつ美しい。

ニーナは思わず手を伸ばし、彼の目元に触れる。

「ルーカスさま……」

うっとりと呟いた唇が塞がれ、ひくひくと彼を恋しがる花洞が、望みどおりルーカスによって充溢《じゅういつ》させられる。互いの肌が重なることが、深い喜悦《きえつ》をニーナに与えた。

全身がしっとりと触れ合って、どちらかが僅《わず》かに身じろぐと、胸の先が彼の胸に擦られて……。

「あぁっ……！」

促されるがまま脚を伸ばしてぴったりと閉じると、さらに身体が密着した。もうこのまま、ひとつになってしまいそうだ。

「すごく、締まっているな……」

切なげに寄せられた眉にどきりとさせられた。いつも涼しげな彼が息を乱したり、汗をかいたりすることが、ニーナの胸を騒がせ、身体をいっそうぐずぐずにさせる。

内襞が、いとおしくて堪らないというように強くルーカスを抱き締めていた。

「……っ、とかされ、そうだ」

「は、ぁっ……んんっ……ルーカス、さまも……とけ、ちゃう……？」

「ああ。おまえの、なかで……ほら」

彼が腰を動かすたびに、繋がった場所はひどく官能的な音をたててふたりの蜜を混ぜ合わせる。いやらしい蜜が綯《な》い交《ま》ぜになるのはとても恥ずかしく、同時にめくるめく気持ちにさせられる。

「熱い、な。ニーナ」

目を眇《すが》めて見つめられ、ニーナはこくりと頷いた。

「もっと、深く繋がろうか」

艶《なまめ》かしく響く声で囁いたルーカスは、ニーナの脚を抱え上げ、改めて圧しかかってくる。

「んっ、あ……やぁ……」

気づけば、伸ばした両脚を彼の肩に載《の》せるかたちで押し倒されていた。ニーナが自分の恰好のあられもなさを認識する前に、ルーカスのいきりたった楔が、一気に蜜口に入り込んできた。

「ひっ、あぁっ――――！」

先ほどよりずっと深いところへ彼の欲望が穿たれる。

「こん、な……」

全身を貫かれているのかと錯覚《さっかく》するほど奥まで押し開かれていた。

ルーカスは、自身を深く挿《い》れたまま腰を大きく揺さぶる。収縮を繰り返す襞が激しく掻き乱され、快感に弱い最奥が情熱的に嬲《なぶ》り尽くされる。

「んあっ……！　つやぁっ……あぁぁん！」

律動はすでに獰猛《どうもう》なまでに激しくなっていた。

縦横に腰が打ちつけられる音と、ぬちゅぬちゅという濡れた音。それからニーナの甘く掠れた喘ぎ声が部屋に響き渡っている。

「も……む、り……つよ、すぎて……」

上掛けを握り締めながら、ニーナは全身を突っ張らせた。

「うくっ……ニーナ。私も……溺《おぼ》れそうだ……」

「ルーカス、さまっ――！」

深く深く繋がり合って、互いを強く求めて、ふたりは荒々しいほどに抱き合った。

身体も、心も、本当にすべてが満たされていた。

「は、ぁ……あぁっ……気持ち、よく……て……あぁっ……」

気づけば腰まで淫らに揺らめいている。だけどもう、それを止められなかった。身も心も快楽にとらわれ、陶酔《とうすい》しきっていた。ただただルーカスと絡まり合っていたかった。

「本当に……おまえは、私が好きなのだな……」

ニーナは何度も頷きながら、眦《まなじり》から涙をこぼす。

「はい……愛して、います……」

ようやく、その言葉が言えた。本当は、ずっと伝えたかったのだ。

「私も、おまえが……いとおしい。おまえの可愛さが、純粋さが……いとおしくて、しかたない……ニーナ」

「ルーカス、さまっ……ぁあっ……んんっ――」

ニーナは爪先をぎゅうっと丸めて、身体を痙攣《けいれん》させる。

「……っ……そろそろ、だな」

自分の身に、何が迫っているのかはもうよくわかっている。息がつまるほどの甘い疼きに足掻《あが》いて、全身がのたうつ。

下肢が勝手に大きくくねる。銜《くわ》え込んだ楔に、浅ましいほどに襞がまとわりつく。

「ぁあっ……ルーカスさ、まっ……」

どこかへ連れていかれてしまいそうな怯えから、ニーナは無意識にルーカスの手を探した。するとすぐに彼の手が重ねられ、指がしっかりと絡められる。温かくて心強くて、胸がいっぱいになった。

「ああ、私も……一緒だ、ニーナ……」

息を乱しながら見下ろしてくる彼が、ふっと微笑む。

すべてを包み込んでしまうような表情だった。

愛している。愛している。もうそれだけが、ニーナのすべてとなっていた。

「んっ、あああぁっ――！」

深い場所にいる彼をしっかりと意識しながら、ニーナは幾度となくはぜるように身体を跳ねさせて、なかにいる彼を強く強く締めつけた。

「うっ……ニーナっ……ニー、ナ……！」

押し殺したような声が聞こえ、最奥《さいおう》に勢いよく熱い迸《ほとばし》りが打ちつけられる。ニーナは意識を朦朧《もうろう》とさせながら、昇りつめた身体が幸福感にくるまれるのを感じた。

すべてを預け、すべてを与えられた。彼ととけ合ってひとつになれた。そんな気持ちで心が満たされていた。

「ルーカスさ、ま……」

とろりとなってうわ言のように呟くと、優しく身体を抱きすくめられる。ルーカスの体温があまりに心地よくて、ニーナは自然と微笑んでいた。

第六章　ソプラノは永遠に奏でられる

「も、もうだめ……」

胴体を思いきり締め上げられ、ニーナは苦痛の声を洩《も》らした。

「まだいけます」

サンドラは泣き言など意にも介さず、ニーナの背中に足を当てて、コルセットの紐《ひも》を力いっぱい引っ張る。

「無理！」

顔を真っ赤にして頭を大きく横に振ると、ようやくサンドラは許してくれた。

「ニーナさまはもともと腰が細いですからね。これぐらいにしておきましょう」

まだまだ締められる、と言わんばかりの言葉にニーナは青ざめる。サンドラの優秀さは、時々困りものだと思う。

「試着するだけなのに」

つい恨《うら》みがましいことをこぼすと、

「ルーカスさまにお披露目《ひろめ》なさるんでしょう？」

と冷静に返されて黙らざるを得なくなった。面映《おもはゆ》さに頬《ほお》を染めながら。

例のルーカスの葬礼から二カ月が過ぎた。

葬礼の直後から、本当の意味での誘拐事件の捜査がはじまった。地下に囚《とら》われていた女性は全部で十名。過去に行方不明になった令嬢と一致した。そして彼女らはみな、ルーカスの兄が犯人だと証言した。新たな証拠も多数挙《あ》がり、王は流刑《るけい》に処された。この国の最北端にある罪人《ざいにん》のみが住む孤島《ことう》へだ。

誘拐事件の決着からしばらくして、ルーカスの戴冠式《たいかんしき》と、結婚式が行われることが発表された。

様々な人々にルーカスの婚約者だと紹介されるたび、ニーナは顔を真っ赤にして小さくなった。

思い出すだにくすぐったくなる。

もちろん、たくさんの人に祝福されて嬉《うれ》しくはあった。特に両親はとても喜んでくれた。ルーカスはニーナを救ってくれた恩人だから当然だ。

それに、彼の傍《そば》にずっといられるのだという安堵《あんど》もあった。幸せも感じていた。

けれども、どうにも恥ずかしくてしかたがなかった。まして王妃《おうひ》になるなんて、まったく実感が湧《わ》かない。

それでも、準備は着々と進められていた。結婚式の日取りが決まり、こうやって花嫁衣裳も揃《そろ》っている。

ニーナは、コルセットの表面を撫《な》でてみる。極上という言葉がすんなりとあてはまる、とてもなめらかな肌触りで、光沢にも気品がある。色は処女雪《しょじょゆき》のような白だ。胸元は繊細《せんさい》なレースと細いリボンで飾られている。

今まさにサンドラが着せようとしているドレスはさらに素晴らしい。布地はやはり優雅さを感じさせる白い絹《きぬ》で、丸い袖《そで》を持ったボディスと、スカートの後ろにつける長いトレーンには、上品な金色と白の絹糸でバラが刺繍《ししゅう》されている。綻《ほころ》びかけた蕾《つぼみ》や、ふわりと開いた花は、神々《こうごう》しい香《かお》りがしてきそうなくらい華麗《かれい》な仕上がりだ。

そしてスカート。淡雪《あわゆき》のようなチュールレースが幾重《いくえ》にも重ねられたそれは見るからに儚《はかな》い。散りばめられた真珠《しんじゅ》は人魚の涙のように見えるほどあえかだ。

「本当に綺麗《きれい》……。着るのが怖いくらい」

うっとりと眺《なが》めているだけでもとけてしまうんじゃないかと考えていると、痺《しび》れをきらしたサンドラが呆《あき》れた声で促《うなが》す。

「早くなさいませんと、ルーカスさまがお待ちかねですよ」

「や、やっぱり、ここまでしなくてもよかったんじゃないかしら？」

化粧台の鏡を見つめるニーナの顔は赤かった。

「いいえ。とてもよくお似合いです」

「そういう、問題じゃなくて……」

ドレスを着て、真珠の首飾りをしたニーナの髪は垂《た》らしたままにされていた。それを、天使が落としたのかと思わせるほど真っ白な羽と真珠で飾られている。見るからに繊細で度が過ぎるほど可憐《かれん》な髪飾りは、もちろんサンドラのお手製だった。

「結婚式では、髪はまとめてベールをかぶせなければなりませんからね」

さもつまらなさげに言うので、ここぞとばかりに遊ばれたのではと疑ってしまう。実際、髪のセットに随分《ずいぶん》時間を要した。着替えを急《せ》かされたのもそのせいだったのだろうか？

「やり過ぎだと、思うんだけど……」

ふわふわした羽で飾りたてられている姿は、どうにも面映い。

鏡を見ながら、本当にいいのだろうかと考えているうちに、ノックが響《ひび》いた。おそらくルーカスだ。

ニーナは咄嗟《とっさ》に立ちあがって、カーテンの陰《かげ》に隠れた。

サンドラが出ていく気配があって、入れ替わりにルーカスが部屋に入ってくる。そして、彼はすぐさまニーナを見つけた。

「何をしているんだ？　ニーナ」

ルーカスが苦笑交じりに訊《き》いてくる。あっさり見つかってしまったことが恥ずかしさを助長して、素直に出ていけずにまごついた。

「まったく、困った王妃さまだな」

カーテンを開けられ、ニーナは目を伏せた。

「まだ、王妃じゃありません」

いたたまれなくてついつまらぬ反論をしてしまった。また苦笑されるかと思ったが、彼は無反応だ。

訝《いぶか》しんで顔を上げると、ルーカスが感動しきった顔でニーナを見つめていた。

「綺麗だ、ニーナ」

甘い囁《ささや》きに、どう返していいか困ってしまう。肌に朱《しゅ》が散って、ドレスの純白をいっそう際立たせた。

「本当に、天使そのものだな」

「な、何をおっしゃるんですか……」

俯《うつむ》いて恐縮《きょうしゅく》したが、手を引かれて部屋の中央にまで連れていかれる。

日が沈みつつあり、天井《てんじょう》からかかるシャンデリアには火が灯《とも》されている。その真下に置かれ、ニーナは目を泳がせた。

「脱がすのが惜《お》しいほどだな」

ルーカスの言葉を聞いて、ニーナはびっくりする。

「ぬ、脱がすって――」

どういうことかと尋《たず》ねる間もなく、ルーカスに引き寄せられ、露《あらわ》になっている鎖骨《さこつ》に唇《くちびる》を押しあてられる。

「やっ……ルーカスさま……あっ」

鎖骨のくぼんだところを舐《な》められ、ひくんと肩が揺れる。咎《とが》めるはずの声も、甘く潤《うる》んでいった。

「あんまり白くてふわふわしているから、こんなことをするのはいけない気がしてしまうな」

「だったら……おやめ、くださっ、いっ……んっ」

ルーカスはわざと音をたてながら、浮き上がった左右の鎖骨に舌《した》を這《は》わせていった。

「そうだな。やめたほうがいいだろうな。結婚式の前に汚したら大変だ」

彼は耳元で低く笑いながら、ドレスの背中の留め具を外しはじめる。

「あ……だめ、ですってば」

身を屈めたり、捩《よじ》ったりして抵抗しようとするが、彼の器用な手はあっという間にドレスを脱がしていってしまう。

「も、もう……」

トレーンが外され、儚げなスカートとともに足元に落とされる。

続いて彼は奥深い光沢を放つ真珠の連なったネックレスを外し、飾りたてられた髪をそっと掻《か》き分けてうなじにくちづけてきた。

「ほ、本当におやめください」

「どうして？　さっさと脱がしてやらないと、おまえが濡《ぬ》らしそうだと思ってしてやっているのに」

「ひ、どい……」

「ひどい？　真実だろう？　おまえの泉はすぐに蜜《みつ》を溢《あふ》れさせてしまうだろう？」

艶《つや》めいた声でニーナをからかいながら、ルーカスはコルセットに触れてきた。きつく締め上げている紐に手をかけるのが、感覚で伝わってくる。すぐにしゅる、しゅると紐をほどく音が

背後から聞こえてきた。

「んっ、ふ、ぅ……」

コルセットを外しながらも、彼は首筋や肩口にキスをするのをやめない。

「だ、め……です……んんっ……」

本当なら、コルセットが緩められていくと寛《くつろ》いで楽になるはずなのに、逆に息が苦しくなってくる。

「すべて脱がせたら、隈《くま》なく可愛《かわい》がってやる」

ねっとりと囁かれてびくりと身体《からだ》が震えてしまう。

いけないことだとわかっていても、困惑《こんわく》しきっていても、ニーナはどうしても怒ったり、まして突《つ》っ撥《ぱ》ねたりできない。いつもどおり、頭で考えることと、身体の反応がちぐはぐになって、彼の思惑どおりに翻弄《ほんろう》される。

困った王さま……。

意趣返《いしゅがえ》しの言葉すら心のなかにとどまり、唇からこぼれるのはルーカスを悦《よろこ》ばせる甘い声ばかり。

「んっ、ぁあ……やんっ……」

「いい声だ、ニーナ。これからもずっと、私のためだけに歌え」

そんなことを言われると身も心もじんと痺《しび》れて、甘い蜜がじゅんと沁みだしてしまう。

「ルーカスさま……」

うっとりと名を呼ぶと、眇《すが》められた瞳《ひとみ》に見つめられる。薬指にはめられた琥珀《こはく》より、ずっと深い色合いと輝きに胸が焦《こ》がされる。

これから、何度この瞳に呑《の》まれてしまうのだろう？

きっとたくさん困らされて、振り回されて……。

そう思ってもニーナの胸に広がるのは、どうしようもなくとろけた幸福感だけだった。

あとがき

はじめまして。蒼井《あおい》ルリ乃《の》と申します。

本書を手に取っていただき、ありがとうございます。プロフィールにも書きましたが、これが私にとって初めての文庫です。今でも夢見心地。いろいろな方への感謝の気持ちでいっぱいです。

初文庫なので、いろいろと戸惑《とまど》うことも多かったのですが、その分思い入れの強いお話になりました。と言いつつ、カタカナに弱い私はいまだに主人公ふたりのファミリーネームがうろ覚えです……。そして驚くべきことに、最近まで自分のペンネームを勘違《かんちが》いしていたことが発覚。このあとがきの最初の一文を書く際、念のためと思って確認してみて気づきました。いやはや危なかったです。

ということはさておき、今回のお話は、美声を持つヒロインと悲運な王子さま、というぼんやりしたイメージからはじまりました。そこから捏《こ》ねたり伸ばしたり寝かしたり、と書くとパンを作るみたいで楽しそうですが、実際はちぎったり叩《たた》きつけたりという工程もあったりして……。担当さまには迷惑をかけっぱなしでした。すみません……。

ですが、最終的には楽しく書き上げることができて、このお話を書く機会を与えてもらったことを心からありがたく思っています。

楽しかったと言えば、悪役を書くのが楽しくてしかたありませんでした。これは新発見でした。賊《ぞく》の出てくるシーンは、それはもうノリノリで……。なんて書くと引かれそうですが、念のため、そういう趣味はありません（笑）。それにしてはニーナがことあるごとに縛《しば》られていますが、繰り返します。そんな趣味はありません！（笑）

もっと別のタイプの悪役も書いてみたかったなぁと思っています。インテリ系とか、小悪魔系とか。無自覚系とか。悪役ばかりでカオスですね、はい。それにそんなに悪役を出したら終始ニーナとルーカスは苛《いじ》められ続けることに……。でもあのふたりなら構わずいちゃいちゃしていそうな気もします。何があってもうっとりと見つめ合い、周りを呆《あき》れさせることでしょう。何せルーカスが、見た目はクール、中身はデレデレ！　ですからね。中身は、というか、デレデレがだだ漏《も》れしている気もしますが。

それからお城巡《めぐ》りも楽しかったです。もちろんネット上の、ですが。古城やら宮殿やらの画像を見ていたら夢中になってしまって困りました。中世の城も迫力があっていいですが、やはり宮殿は豪華絢爛《ごうかけんらん》で、見ていてまったく飽《あ》きませんね。お気に入りはフォンテーヌブロー宮殿です。「フォンテーヌブロー」という名前はいつまで経《た》っても覚えられませんが、城の外観も内装も本当に素晴らしく、一度でいいから実際行って見てみたいものです。

ところであとがきってこういう感じでいいのでしょうか？　不安なまま三ページ目まできてしまいました。

こんな私を支えてくださった担当さまはじめ、編集部の皆さまには心から感謝しています。

そしてイラストを描いてくださった緒花《おはな》先生！　ありがとうございます！　ラフを拝見した時、思わず「うきゃ！」と叫びました。ふわふわ可愛《かわい》いニーナにきゅんきゅんし、ルーカスの素敵な王子さまぶりに眩《くら》めいております。素晴らしいイラストをつけていただき、とても幸せです。

改めまして、この本をお手にしていただき、本当に本当にありがとうございます。自分が書いたものを、誰かに読んでもらえるというのはすごく嬉《うれ》しいことです。少しでも楽しんでいただけましたら幸いです。感想などいただければなおさら、躍り上がります。

それでは、またお目にかかれますように。

蒼井ルリ乃

※この作品はフィクションです。実在の人物・団体・事件などにはいっさい関係ありません。

シフォン文庫をお買い上げいただき、ありがとうございます。
ご意見・ご感想をお待ちしております。

◆──あて先──◆
〒101-8050　東京都千代田区一ツ橋2-5-10
集英社 シフォン文庫編集部 気付
蒼井ルリ乃先生／緒花先生

スウィート・ソプラノ
～金色の王子に奏でられ～

2012年12月31日　第1刷発行　シフォン文庫

著　者　蒼井ルリ乃
発行者　鈴木晴彦
発行所　株式会社集英社
〒101-8050東京都千代田区一ツ橋2-5-10
電話 03-3230-6355（編集部）
03-3230-6393（販売部）
03-3230-6080（読者係）
印刷所　大日本印刷株式会社

※定価はカバーに表示してあります

ISBN 978-4-08-670017-7 C0193

「あなただけは嫌なの。……好きだから」

巫女は初恋にまどう
王に捧げる
夜の蜜戯
恋と使命に巫女の心は揺れる……。

あまおう紅《べに》
イラスト／カキネ
シフォン文庫

巫女のミュリエッタは、王に見初められ聖婚相手に指名されてしまう。王が遠征から帰還するまでに祭壇で処女を捧げて成人の儀を済ませることになるが、その相手は初恋の人・エレクテウスで…。